과학동시

권난주 엮음

이치 ichi SCIENCE

머 리 말

　초등학교 시절 오랫동안 문예반 활동을 했습니다. 대회에 나가서 동시 즉 운문 분야로 상도 제법 많이 받았습니다. 동시를 짓는 것이 즐거웠습니다. 중학교에 들어가 역시 문예반에 들어갔습니다. 그런데 동시 분야는 없고 시 분야뿐이었습니다. 억지로 어른스럽게 쓴 언어와 운율은 어색하기만 하고 대회 수상은커녕 시를 짓는 것 자체가 싫어졌습니다. 당연히 고등학교 이후, 대학을 거쳐 성인이 된 다음에도 문예 관련 써클(동아리)에는 근처도 가지 않았습니다. 그 후 언젠가 보니, 초등학생 이상 성인 문예전에도 동시나 동화 분야가 있더군요. 전문 작가의 동시나 동화는 너무나 예뻤습니다. 다시 지어보고 싶었습니다.

　어느날 현직 장관이 펴내어 화제가 되었던 과학동시집을 발견하였습니다. 국내는 물론 국외에도 소개가 되어 좋은 평가를 받았었지요. 과학을 널리 알리는 데 성공하였고 학교에 과학책 보내기 운동 등으로 이어져서 더욱 좋았습니다. 다만, 전문 아동작가가 아닌 과학자, 정확히는 의사 겸 정치가의 눈으로 쓴 동시는, 운율이나 내용, 시어들이 실제 어린이들에게 쉽게 읽혀진다고는 보기 어려웠습니다. 그래서 직접 해보기로 하였습니다. 제 곁에는 능력이 뛰어난 많은 제자들, 예비교사인 교육대학생, 현직교사인 연수생과 대학원생, 그리고 반짝반짝 영특한 수많은 초등학생들이 있었으니까요.

이렇게 시작된 과학동시 쓰기 활동을 지난 5년간 학회와 특강, 또는 연수 등을 통해 수천 명의 교사와 학생들에게 소개하였으며, 학술적으로도 그 효과나 방안을 연구하였습니다[1]. 계속 열심히 만들고 감상하고 수정하고 활용하여 결과물로 나온 과학동시 천여 편 중에서 가장 훌륭한 백여 편을 여기에 모았습니다. 직접 고치고 다듬어 설명도 추가하였습니다.

처음 과학동시를 본 선생님들은 '와!~'라는 탄성과 함께 "정말 새롭고 신선하다", "수업시간에 꼭 활용해보아야겠다"고 하였습니다. 그러나 과학동시를 실제로 지어보게 하면 생각은 변하였습니다. 예를 들면 "남의 것은 멋진데 내 것은 어처구니없다", "오개념이 들통날까 두렵다", "어린이의 생각이나 마음을 잘 알고 있는 줄 알았는데 나 자신이 나이 들어 버렸다는 것을 깨달았고 그래서 놀랐다", "○○○(시의 소재)를 백 번도 더 보고 또 다시 보게 되었다", "같은 현상

---

1) 한국과학교육학회 정기학술발표회 등 학술대회 4곳과, 학술지 2곳에 과학동시를 포함한 교육활동에 대해 연구물을 발표하였음. 그 중 하나는 한국초등과학교육학회지 발행 <초등과학교육> 제24권에 실림: "초등학생과 예비·현직 초등교사에 대한 과학 교수학습 전략으로서 과학동시의 활용"

이나 사물이 불과 몇 분만에 이렇게 달라보일 수 있다는 것이 신기하다" 등의 소감을 밝혔습니다. 그러나 가장 대표적인 것은 "재미있지만 어려웠다"라는 의견이었으며, 시를 포함한 자신을 쑥스러워하였습니다. 신선하고 새롭긴 하나, 직접 지은 동시에는 정확한 개념만이 들어가야 한다는 부담 때문에 더 어렵게 느끼는 것이었습니다.

이에 반해 학생들은 "내가 봐도 정말 잘 썼다", "친구가 내 시를 보고 웃어서 기분 나빴다"처럼 느낌 그 자체를 말하였습니다. 특히 "○○○(예를 들면 자석, 스포이트 등)은 참 ~하다, 좋겠다, 아프겠다, 불쌍하다" 등의 감정 이입이 많았습니다. 반성하는 어른들과는 달리 "재미있고 뿌듯하다"며 자신을 자랑스러워하는 경우가 훨씬 많았다는 사실은 교육적으로 의미있는 발견이라고 봅니다.

담임교사 혼자 여러 과목을 가르쳐야 하는 우리의 초등학교 현장에서는 간단하면서도 재미있는 수업 방법이 필요합니다. 물론 이들은 개념이나 탐구의 성취와 향상에도 효과적인 수업 전략이어야 합니다. 여기 소개하는 과학동시가 이러한 역할을 하리라 기대합니다.

초등학교 선생님들과 학생들, 과학에 관심있는 모든 분들께 이 어여쁜 시들을 전합니다. 그리고 저와 특별한 인연을 맺어온 인천과 경기, 서울과 제주를 비롯한 전국의 선생님들과 초등학생들, 경인교육대학교 학생들, 모두모두 감사합니다. 한국교원대학교와 대구대학교, 한국과학교육학회와 한국초등과학교육학회, 한국물리학회에서 저의 과학동시에 관심을 가지고 격려해주신 회원님들, 고맙습니다. 정 철, 의현, 의민에게도 감사와 사랑을 전합니다. 물론 그 누구보다 여기 실린 동시들의 초고 작가들께 특히 더 감사드립니다. 동시집으로 엮

어주겠다고 큰소리친 약속을 이제야 지킵니다. 오늘 시인이자 작은
과학자로 다시 태어난 여러분께 축하와 기쁨의 박수를 보냅니다.

경인교육대학교 인천캠퍼스 과학관에서

昔泉 권난주

차 례

물 질 영 역

지 구 영 역

생 명 영 역

과 학 수 업 과   실 험

[+] 저자 이름에 +기호가 붙은 시는 편저자가 그 내용을 일부 또는 전면 수정한 것이다.

[#] 대부분의 저자는 현직 또는 예비 교사이며, 저자 이름에 # 기호가 붙은 시는 지은이가 초등학생이다.

에너지 영역

몰래한 사랑

조현창

너는 110호

나는 220호

너와 나 우리사이

아랫집 윗집 이웃사촌 사이

축복받지 못하는 사이

아무도 허락하지 않는 사이

모두들 그렇게 아는 사이

그러는 사이

엘리베이터에서 몰래 만나는 사이

쉿!

비밀이에요.

* 너와 나는 각각 110V와 220V, 그리고 엘리베이터는 변압기를 말
한다.

자 석

신영은

나는 빨간 네가 좋아
우리 엄만 왜 날 파랗게 낳으신 걸까?

나는 파란 네가 좋아
우리 엄만 왜 날 빨갛게 낳으신 걸까?

너는 나와 다르지만 나는 네가 너무 좋아
우리는 친구

나는 빨간 네가 싫어
나도 빨개 너도 빨개 헉헉 너무 더워

나는 파란 네가 싫어
나도 파래 너도 파래 호호 너무 추워

너는 나와 똑같지만 나는 네가 너무 싫어
다-가-오-지-마!

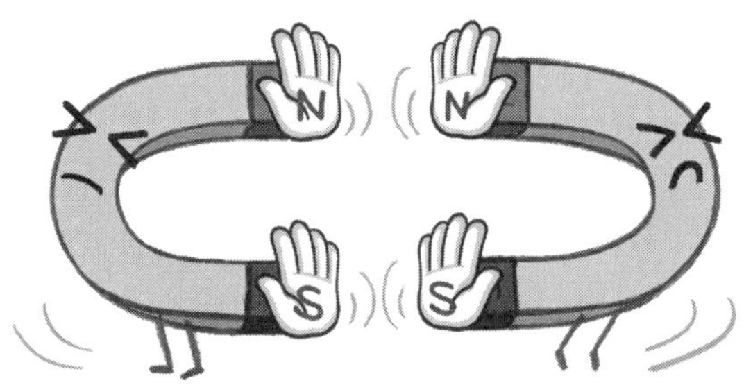

❖ **과학동시 짓기**

과학개념이나 과학현상, 과학기구 등을 제목으로 주고 자유로운 형식
의 동시를 짓게 한다.

전자석 1

이홍석

가지런히 감아요
촘촘하게 감아요

가열해서 식힌 못에
에나멜선 감아요

선생님의 말씀에
내 손은 빨라지고

못도 자석이 될 수 있을까
의심도 했지만

내가 만든 전자석
전지에 연결하니

클립들이 딱 붙네
자석이 됐네.

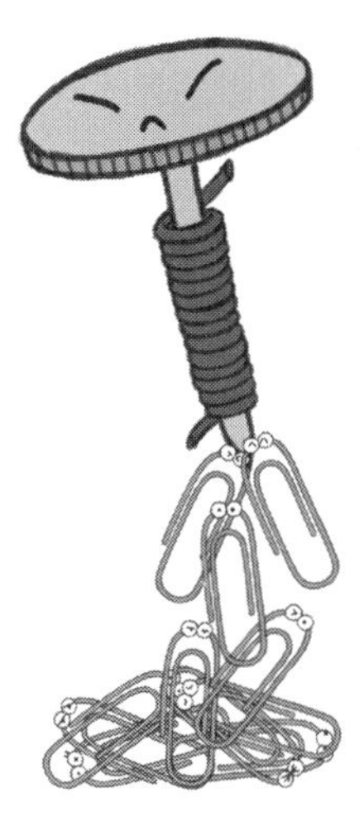

시의 기본은 운율이다. 더욱이 아이들이 읽는 동시의 경우는 간결과 반복을 살리는 것이 좋다.

전자석 2

유병현[+]

나는 나는 차디찬 쇠못
반짝 반짝 에나멜선 감고
찌릿 찌릿 건전지를 달면
화끈 화끈 따스해지네

느슨 느슨 에나멜선 감으면
추욱 추욱 처지는 기운
꽈악 꽈악 에나멜선 감으면
불끈 불끈 샘솟는 기운.

* 전자석에서 쇠못에 에나멜선을 감은 수와 쇠못에 열이 나는 현상
  의 관계를 표현하였다.

전자석 3[†]

정순연

내가 나의 허물을 벗고 전지에 연결되기 전에는
나는 다만
평범한 에나멜선에 지나지 않았다.
내가 내 허물을 벗고 전지에 연결되었을 때
자기장이 나에게로 와서
전자석이 되었다.
내가 못을 불러 더 강한 전자석이 된 것처럼
나의 이 자석의 성질에 알맞은
누가 나에게 나침반과 클립을 불러다오.
그들을 움직이고 붙여 나도
전자석이 되었다.

에나멜선들은 모두
전자석이 되고 싶다.
전지는 나에게 나는 철가루에게
잊혀지지 않는 하나의 자기장이 되고 싶다.

*에나멜선 끝의 피복을 벗겨서 전지에 연결하면 전자석이 되고,
못에 감으면 세기가 더 강해진다는 것, 그리고 전자석이 되면 나
침반을 움직여 극을 찾을 수 있고, 클립을 붙일 수 있는 자석의
성질을 띠게 된다.

♯김춘수의 시 '꽃'을 패러디한 작품임.

◈ **과학동시 짓기**
다른 시를 패러디하여 문장이나 단어를 바꾸어 지어 본다.

전 지

강정아

머리는 (+)극
엉덩이는 (-)극
친구들아 모여라

전선으로 연결하는
서로의 마음

전구로 확인하는
우리의 우정

친구들과 말뚝박기
우정은 강해지고

친구들과 어깨동무
우정은 오래가네

* '친구들과 말뚝박기/ 우정은 강해지고'는 전지의 직렬을, '친구들
   과 어깨동무/ 우정은 오래가네'는 전지의 병렬을 표현하였다.

전 구

홍승연[+]

머리는 투명
몸은 금빛

전지의 우정으로
전선의 마음으로
피어나는
떨리는 빛줄기

친구들과 말뚝박기
배려하는 마음

친구들과 어깨동무
변함없는 우정

머리는 금빛
몸도 금빛.

* '친구들과 말뚝박기/배려하는 마음'은 전구의 직렬 연결로 인한
  전구의 밝기, '친구들과 어깨동무/변함없는 우정'은 전구의 병렬
  연결로 인한 전구의 밝기를 표현하였다. 강정아의 '전지'에서 표
  현을 일부 빌린 것이다.

직렬이와 병렬이

이기호[+]

나는 직렬이
전지들이 내 손에 잡히면
전구들은 더욱 밝아지지.
인생은 짧고 굵게 아니겠어?

나는 병렬이
전지들이 내 손에 잡히면
전구들은 그 상태를 유지하지.
인생 오래 가는 것이 중요하지 않겠어?

나는 직렬이
전구들이 내 손에 잡히면
한꺼번에 켜고야 말지.
너나가 어딨어? 우린 하나지.

나는 병렬이
전지들이 내 손에 잡히면

따로따로 자유를 누리지.
나는 나, 너는 너, 개성시대야.

나는 직렬이
크리스마스트리에서
누전차단기에서
날 볼 수 있다네.

나는 병렬이
안전표시등에서
교실 조명등과 신호등에서
날 볼 수 있다네.

* 전지의 직렬과 병렬, 전구의 직렬과 병렬, 그리고 각각의 활용을
  나타낸다.

보•인다, 보•여!

김정은

나는
모든 것을
보여주는 빛

연필에게로 가서
톡!
치고
눈으로 가면

연필이
짜~잔
보여요.

물방울에게로 가서
톡!
치고
눈으로 가면

빨주노초 아름다운 무지개

짜~잔

나타나요.

*우리가 사물을 보려면 빛이 사물에 반사되어 눈으로 들어와야 한
 다는 것을 표현하였다.

빛

정유진

나는 항상 직진
아무도 말리지 못해요.

나는 항상 일방통행
아무도 나를 막지 못해요.

때론 오목이가 와서
우리 사이를 벌려 놓아도

때론 볼록이가 와서
우리 사이를 모아 놓아도

요것들아
그래도
나는 항상 직진이다.

* 빛의 직진성을 표현하였다.

순정파 사나이

이광섭

나는 사나이
온몸에서 광채가 나는 멋진 사나이
대나무보다 곧게 나아가는 뚝심있는 사나이

그렇지만 사랑 앞에선 그 누구보다 순정어린 사나이

환하게 웃고 있는 거울 아가씨를 만나면
나 자신이 부끄러워 오던 길을 돌아가버리지.

누구보다 투명한 유리 아가씨를 만나면
말 한번 못 걸어보고 그냥 지나쳐버리지.

신비로운 프리즘 아가씨를 만나면
내 마음을 감추지 못하고 형형색색으로 흩어져버리지.

누구보다 멋있는 사나이지만
사랑에는 약한 사나이!!!

* 사나이는 빛이며, 2, 3, 4연에 각각 반사, 투과, 분산을 표현하였다.

그림자 놀이

고미순

내가 누구냐고?
해님이 네 앞에 있을 때
뒤를 돌아 봐.

너와 딱 붙어 있는
나를 보게 될 거야.

네가 달리면 나도 달리고
네가 춤추면 나도 춤추지.

게다가 나는
키를 늘렸다 줄였다 할 수 있단다.
아빠처럼 키 크고 싶은
네 소원을 들어줄게.
개구리처럼 움추려진
조그만 네 모습도 보여 줄게.

나를 떼어버리려고
발버둥치지는 마. 제발.

나는 너야.

나는•야 가-시-광•-선

김영숙[+]

나는야 가ー시ー광ー선
빛이 모여 살아요
빨ー주ー노ー초ー파ー남ー보
함께 손을 꼭 잡으면
눈부시게 밝은 빛
백색광이 되지요.

"나는 장애물이 싫어"
키작은 파란빛 식구들은
부딪히고 휙휙돌아 푸른하늘 되었구요
키큰 빨간빛 식구들은
흰구름 감싸안아 붉은노을 되었어요

나는야 가ー시ー광ー선
색이 모여 살아요
스펙트럼 유리터널
어지러이 돌고나면

아름다운 꽃동산에
무지개로 뜨지요.

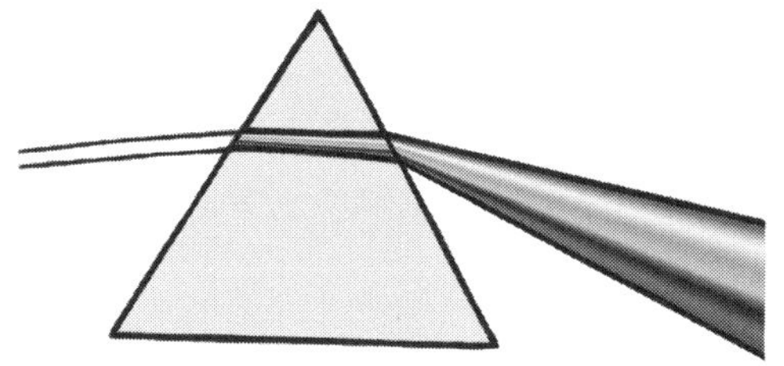

짧은 글짓기 방법을 활용한다. 과학적인 현상이나 개념을 하나 선정하
고 그 말이 들어간 문장을 만든다.

바늘구멍 사진기

유현진

한쪽 눈 크게 뜨고
바늘구멍 속 세상을 들여다보자.

바늘구멍 속 세상은
모두다 거꾸로.

곧게 곧게 나아가는 촛불의 빛
바늘구멍 속으로 쏘옥 들어가기 힘들어서
물구나무 서버렸나.

바늘구멍 속 세상은
모두다 반대로.

상자를 가까이하면 조그마한 촛불
상자를 멀리하면 커다란 촛불

곧게 곧게 나아가는 빛이 샘나서
심술부리나.

바늘구멍 속 세상은
모두다 자기 맘대로.
바늘구멍 작으면 작을수록 또렷또렷
바늘구멍 크면 클수록 흐릿흐릿

부비부비 두 눈 비벼도
깜박깜박 두 눈 감았다 떠도

똑바로 보고 싶어도 언제나 거꾸로, 반대로.

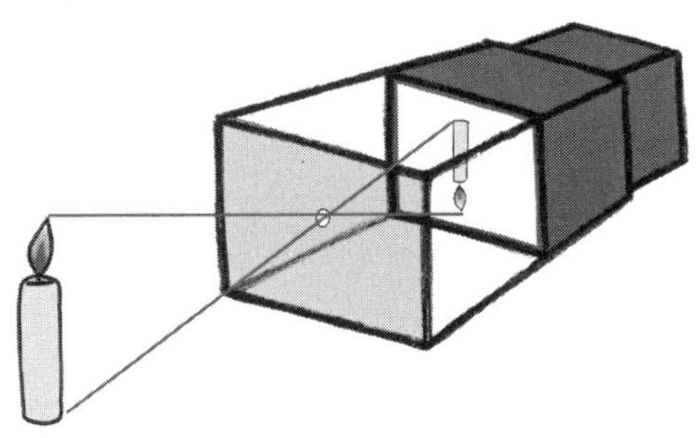

렌 즈

강맹숙

나에게
마음을 볼 수 있는 렌즈가 있었으면 좋겠어요.
착한 마음을 크게 볼 수 있는 볼록렌즈가 있으면
칭찬을 많이 해 줄 수 있으니까요.

나에게
마음을 볼 수 있는 렌즈가 있었으면 좋겠어요.
잘못을 작게 볼 수 있는 오목렌즈가 있으면
오해가 적어질테니까요.

나는, 마음 속에 볼록렌즈 하나 가지고
친구들의 착한 마음 크게 보고
친구들의 아픈 마음 크게 보고
친구들의 꿈을 크게 볼래요.

나는, 마음 속에 오목렌즈 하나 가지고
친구들의 실수를 작게 보고

친구들의 잘못을 작게 보고
친구들을 미워하는 마음을 작게 할래요.

아름다운 세상 더 크게 보는
마음의 볼록렌즈 하나 간직하고 살아갈래요.

❖ 과학동시 짓기
과학동시를 처음 지을 때에는 멋지고 놀랍고 예쁜 동시를 지어야겠다
는 욕심을 버리는 것이 중요하다.

볼록 렌즈

이한울

그의 마음 그녀에게
나를 통해 전하세요.

그의 마음 모두 모아
그녀 심장 태워드릴게요.

그의 마음 그녀에게
크게크게 보여드릴게요.

그의 마음 더 가까이
멀리 있음 아니되요.

그녀! 조심하세요.
그의 마음 허상일지 몰라요.

오목거울

허인본

동그라미 속에는
누가 살고 있을까?

가까이 다가가면
거인들이 춤을 추어요.

멀리 달아나면
난쟁이들이 물구나무를 서요.

서로 서로 마음 모아
함께 좋은 친구 되어요.

* 오목거울에 사물을 비추면 가까이 있을 때에는 크게, 멀리 있을
때에는 작게 거꾸로 된 상을 본다.

오목거울, 볼록거울

한춘자

오목거울은 심술쟁이
친구하자고 다가가면
날씬한 내 모습
뚱보로 만들고
화나서 멀어지면
날씬한 내 모습
거꾸로 세워두지요.

볼록거울은 요술쟁이
친구하자고 다가가면
날씬한 내 모습
더욱 날씬하게 만들어주고
화내며 멀어져도
날씬한 내 모습
더욱 날씬하게 보여주지요.

동시의 일부를 가리고 그 빈칸에 들어갈 말을 맞히는 활동을 한다.

친구

이해광[+]

친구는 거울
친구는 거울

거울은
감정이라는 빛을
반사해 나눈다.

때론 볼록하여
기쁨의 빛을
두 배로 나누고

때론 오목하여
슬픔의 빛을
반으로 나눈다.

내 모습을 비추는
거울

내 마음을 비추는
친구

거울은 친구
거울은 친구.

안경

김현정

할아버지 안경 쓰면
가까운 곳 크게 보여

친구 안경 쓰면
가까운 곳 작게 보여

다 같은 안경인데
크게, 작게 신기하기도 하지

요리저리 살펴보니
모양도 다르네

할아버지 안경
배 불룩 나와

친구 안경
배 홀쭉 들어가

어찌보면 똑같지만
너무너무 다르네.

속 도 1

인천 서곶초 5년 김유경

나는 빠른 속도를 가지고 싶어요.
자각할 때나, 달리기할 때
빠른 속도로 뛰어 지각면제, 1등할 수 있으니까요.
키도 빠른 속도로 커졌으면 좋겠고
공부도 빠르게 배웠으면 좋겠어요.
그러면 의사가 될 수 있으니까요.
훌륭한 의사가 될 수 있으니까요.

❖ **과학동시의 활용**
과학 교과(공부) 속에서만 있던 개념과 현상을 실제 생활과 연결해 보는 기회가 된다.

속 도 2

정혁진

물리적 속도의 한계를 벗어났단다.
체감속도는 빛과 같단다.
의심할 여지가 없단다.
속도 측정이 도저히 불가능이란다.

그래서 가입하고 보니
역시나
인터넷 회사의 뻥이었구나.

* 과장광고에 허탈해하는 저자가 쓴 것으로, 일상생활에서 사용되
  는 단어 '속도'이다.

중 력

인천 서곶초 5년 유성동

중력은 사람을 좋아해요
점프해도 잡아당겨요
중력은 사람을 좋아해요

중력은 물건을 좋아해요
던져도 잡아당겨요
중력은 물건을 좋아해요

중력은 바람둥이에요
지구에 있는 모든 것을 좋아해요
중력은 바람둥이에요.

❖ 과학동시 짓기

과학동시를 지을 때 가장 많이 이용되는 방법이 사물이나 현상의 의인
화이다.

지구야 내 부탁을 들어주렴

최정숙[+]

지구가 나를 잡고있대요.
지구야~지구야~
나 좀 잡아줘.
꼭 잡아주지 않는다면 난 날아가버릴 거야
캄캄한 우주로 날아가기 무서워.

지구가 엄마의 장바구니를 잡아당긴대요.
지구야~지구야~
엄마의 장바구니를 조금 놓아주면 안되겠니?
네가 잡아당겨 무거우실 거야
엄마 팔 아프시게 하면 속상해.

지구가 사과를 잡아당긴대요.
지구야~지구야~
잠깐만 기다려줘.
파란 사과는 아직 안 익었을 거야.
파란 사과 빨갛게 되면 잡아당겨줘.

지구는 모든 것을 잡아당긴대요.
나도, 엄마의 장바구니도, 아직 파란 사과도
언제나 열심히 잡아당긴대요.
엄마의 장바구니랑 파란 사과는 그냥 두지,
모든 것을 잡아당긴대요.

지구야~지구야~
그래도 내 부탁을 들어주렴~!

빗면아, 고마워!

김원근[+]

나에겐 너무나도 무거운 아버지의 휠체어,
병원 계단에서 혼자서 나르기엔 너무나도 무거워.

하지만
이젠 무겁지 않아,
나에겐 빗면이 있어.
계단으로 오를 때보단 많이 돌아가지만 ,
힘이 별로 들지 않게 해주는 고마운 빗면.

이제는 아버지를 태우고도 휠체어를 밀 수 있지.
빗면아, 고마워!

* 초등학교 과학 '편리한 도구' 단원의 빗면이다. 빗면이라는 도구
를 이용하면 이동거리가 길어지지만 힘이 적게 든다는 것을 알
수 있다.

도르래 형제

이상환

둥그런 얼굴
짧은 두 팔
우리는 도르래 형제

매달릴까?
움직일까?
고민 고민

내가 매달리면
방향 전환
나는 나는 고정이

내가 움직이면
천하장사
나는 나는 움직이

혼자서는 불편해요
같이 놀면 정말 좋아
우리는 우애 깊은
도르래 형제

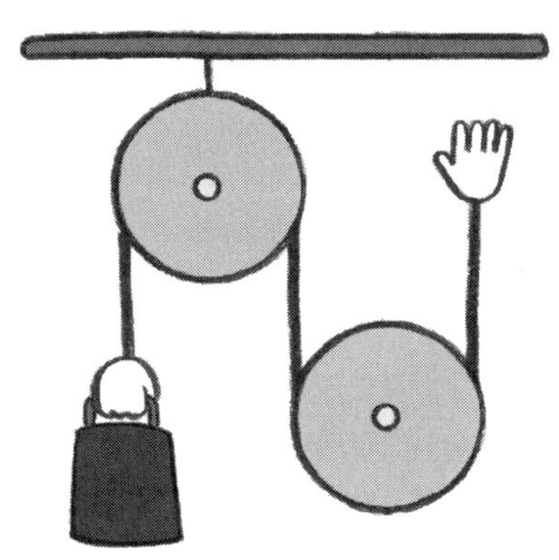

* 초등학교 과학 '편리한 도구' 단원의 도르래이다. '고정이'는 고
  정 도르래 '움직이'는 움직 도르래를 말한다.

도 르 래

이신현[+]

끙끙, 아이고, 무거워.
내가 도와줄게, 친구야.
내 이름은
고정 도르래

내 몸은 천장에
내 두 팔은 아래로
한 손에 짐을 들 테니
나머지 한 손 잡고 아래로 당겨봐.

도르르르르르르

들어올리는 것보다
훨씬 편하지?

끙끙, 아이고, 무거워.
내가 도와줄게, 친구야.

내 이름은
움직 도르래

내 몸에 짐을 맡기고
내 두 팔은 위로
한 손은 천정을 잡을 테니
나머지 한 손 잡고 위로 들어봐.

도르르르르르

둘이 함께 드니
훨씬 가볍지?

* 방향만 바꾸는 고정 도르래와는 달리, 힘이 적게 드는 움직 도르
  래의 차이를 표현하였다.

용수철 – 내 모습을 바꿔보세요

고홍석

할 수 있으면, 내 모습을 바꿔보세요.
잡아당겨도 되고, 눌러도 되요.
하고싶은 대로 해 보세요.
어차피 난 원래 모습대로 돌아갈 거니까.

히히, 약 오르죠?
좀 더 세게 당겨도 되고, 눌러도 되요.
한 번 해 보세요.
어차피 난 원래 모습대로 돌아갈 거니까.

화 나셨어요?
그렇다고 너무 세게 당기거나 누르진 마세요.
그러면 난 원래 모습대로 돌아가지 못해요.
다른 용수철 친구들도 나를 못 알아 볼 거예요.

* 초등학교 과학 '용수철 늘이기' 단원의 용수철에 관한 내용이다.
용수철의 복원력과 탄성 한계를 표현하였다.

시험 전 날

박보라

뜨아아! 큰일났다.
탱자탱자 놀다보니
어느 새 시험 전 날.

달리기 1등보다
더 어려운 공부는
대롱대롱 움직도르래처럼

조금만 노력해도
실력이 쑥쑥 늘어나면
얼마나 좋을까?

빨간 마스크보다
더 무서운 시험은
요지부동 고정 도르래처럼

쉽게만 공부해도
정답이 쏙쏙 나타나면
얼마나 좋을까?

하나님 부처님
저의 기도를 들어주세요.
다시는 다시는
벼락공부 안할게요.

❖ **과학동시 짓기**

과학동시를 교사가 직접 지어보면 매우 부담스럽다. 개념에 대해 다시
공부하여 점검하게 되고, 잘못된 설명이나 표현이 들어갈 수 있음을 가
장 염려한다.

꿈 같은 세상

정승의

무겁고 뚱뚱한 친구들아
한방에 달라지는 몸을 느껴볼래?

그 안에 잠기면
사방에서 우리 몸을 마사지해주지.

꾹꾹 눌러 주는 것이
빈틈없는 안마사.

그 안에 잠기면
모두들 우리 몸을 받들어주지.

날개 달린 듯 떠오르는 것이
부드러운 구름 위.

땅 위로 돌아오면
꿈이었던 양
다시 무거워지고 말아.

꿈을 꾸고 싶다면
비밀은

물속에 있어.

* 물속에서 수압이 모든 방향으로 작용하는 현상과 부력으로 인해
가벼워지는 현상을 표현하였다.

수 평

고양 성신초 4년 강정구[+]

기울어지지 않아도 기울어지는 수평
성급한 성격과 느긋한 성격도 기울어지는 수평

마음 크기는 같아도 무게가 다르면 기울지
마음 크기는 달라도 무게가 같으면 수평이지

수평과 무게는 마음이 통하지
나하고 북극곰도 마음만 통하면 수평이지

정말 그럴 수도 있을까?

❖ **과학동시의 활용**
주어진 과학동시 또는 자작 과학동시에 어울리는 그림이나 삽화를 넣
어 시화전을 한다.

수평잡기

노지은

내가 좋아하는 내 짝꿍
두손 잡고 기우뚱 기우뚱
마주보고 수평잡기

어제 토닥토닥 싸웠더니
토라진 내 짝꿍 뒷걸음질
나도 한발자국 뒷걸음질
겨우겨우 수평잡기

여자친구 생긴 내 짝꿍
나는 저어 뒤로나 가야겠다.

*3연에서는, 한쪽(짝꿍＋여자친구)이 무거워졌으므로 '나'는 더 뒤
로 물러앉아 팔의 길이를 길게 해서 수평을 잡는 행동을 표현하
였다.

힘이란?

김연숙

힘이란 뭘까~요?
히~이~임은?

언니가 요만큼 당기면
오빠도 요만큼 버티고

언니가 놓으면
오빠도 놓고요.

내가 위쪽에서 떨어뜨리면
친구도 아래에서 고만큼 떠받는

힘은 뭘까~요?
네 자로
상~호~작~용!

＊과학 용어로서의 힘과 일반생활 용어로서의 힘은 다른 경우가 있다. 힘(force)은 에너지(energy)도 아니고 파워(동력, power)도 아니다. '힘'이란 단어가 나오는 부분을 '상호작용'이라고 바꾸어 문장이 성립할 때, 과학에서 말하는 힘의 정의가 제대로 사용된 것이라고 볼 수 있다.

＊힘이란 "뭘까~요?"는 편저자가 개발한 교수학습 전략의 하나로 용어의 뜻을 처음 가르칠 때 사용하며, 리듬을 타는 질문 형태이다.

내 마음의 관성

강신혜

아침 등교길
오늘도 지각이다
쌩쌩 달려라.
갑자기 나타난 작은 고양이
앗!
놀라 멈추다가 고꾸라질뻔!
멈춰선 내 발의 마음은
저기 저기 저만큼 저만큼 앞에.

오후 집에선
엄마의 목소리
빨래 좀 널어라.
방망이 두 손에 쥐고 빨래를 팡팡
앗!
빨래에 붙어있던 먼지가 떨어져!
뒤로 살짝 가버린 빨래의 마음은
여기 여기 여기에 여기에 그대로.

밤에 내방에
가득한 만화책
킥킥 쿡쿡 꺄르르 재미있어라.
밤새도록 만화책을 볼 순 없을까
앗!
그렇지만 잠이 솔솔 내 눈은 감겨!
잠을 자는 내 마음은
조기 조기 조기에 만화책 속에.

고꾸러질뻔한 내 발도
뒤로 가 먼지 털어낸 빨래도
모두 관성을 가지고 있다는데
계속 만화책 보고 싶은 내 마음
이것도 관성인가?
으쌰으쌰 키키키키 재밌게 놀면 놀수록
자꾸자꾸 놀고 싶은 내 마음
내 마음의 관성의 법칙?!

* 과학의 관성은 외워야 할 법칙이 아니라 재미있는 일상을 통해
  습득할 수 있음을 나타낸 시이다.

복 사

이세나

꼭 손과 손을 잡아야 하는
'전도'가 아니었으면 좋겠다.

굳이 말과 말을 주고받아야 하는
'대류'가 아니었으면 좋겠다.

그저 눈과 눈을 마주쳐도 좋은
'복사'였으면 좋겠다.

무언가를 통하지 않고도
서로에게 닿을 수 있는

너와 나의 마음은
'복사'를 닮았으면 좋겠다.

*편저자는 이 시를 가장 훌륭한 시로 손꼽는다. 그러나 과학자의 시선으로 보면 소리(파동)의 전달은 대류가 아니며, 복사는 특정 방향성이 없으므로 오개념의 소지가 있다. 여기서 복사는 輻射를 말하는데, 이때의 '輻'은 '수레바퀴살 복'이다.

물질 영역

모습을 바꾸는 물

안하연

선생님이 차가운 목소리로
우리를 혼내실 때면
우리는 너무 무서워서
제자리에서 꽁꽁 얼어버려요.

선생님이 부드러운 목소리로
우리 이름을 불러주시면
우리 마음은 녹아서
맑고 투명한 물이 되어요.

선생님이 따뜻한 마음으로
우리를 사랑해주시면
우리 마음은 들떠서
저 높은 하늘로 멀리 날아가요.

* 물질의 삼태(三態), 물의 세 가지 상태인 고체, 액체, 기체를 표현
하였다.

몸짱이 되기 위하여

안주연

산에 올라,
올라갈 때는 '불' 계단으로.
아, 따뜻해!
100번째 계단을 넘어갈 때,
내 몸은 날아갈 듯 가벼워지네.

산에 올라,
내려갈 때는 '얼음' 계단으로.
아, 차가워!
다 내려왔을 때,
내 몸은 근육으로 단단해지네.

*물이 가열되어 수증기가 되고, 또 물이 냉각되면 얼음이 되는 것
을 표현하였다. 더 나아가 물이 얼음이 될 때 근육처럼 부피가 커
지는 것도 이야기해 줄 수 있다. 단, 수증기가 되어 몸이 가벼워
진다는 표현은 오개념이 개입되지 않도록 주의해야 한다.

나는 너에게

최은희

나는 너에게 고체같은 사람이 되고 싶다.
항상 같은 모습으로,
힘을 주어 밀어야 겨우 움직이는 설악산 흔들바위처럼
네 손 닿는 가장 가까운 곳에 변함없이 서 있는
그런 사람이고 싶다.

나는 너에게 액체같은 사람이 되고 싶다.
둥근 그릇엔 둥글게.
모난 그릇엔 모나게 자신을 만드는 물처럼
너의 어떤 모습도 있는 그대로 받아줄 수 있는
그런 사람이고 싶다.

나는 너에게 기체 같은 사람이고 싶다.
보이지는 않지만 쉬지않고 움직이는
단 한순간도 없어서는 안되는 공기처럼
말 없이 네 맘을 채워주고,
너를 위해 늘 분주한 그런 사람이고 싶다.

❖ 과학동시 짓기

교사와 학생 모두 과학동시를 지어보면 새롭고 재미있다는 생각을 하지만, 상대적으로 교사가 더 부담을 느끼고 어려워한다. 올바른 개념만 들어가야 한다는 압박과 책임감 때문으로 보인다.

친구야

박진호[+]

기체 분자처럼
각자 자유로운 삶도 좋고

액체 분자처럼
적당히 거리를 두는 삶도 좋지만

고체 분자처럼
서로 지탱해주는 삶을 살자

❖ **과학동시 짓기**

과학동시를 처음 지을 때에는 오랜 시간을 들이는 것보다, 일단 주제를 잡고 짧은 시간에 생각나는 것을 적고 나서, 여러 번 운율과 내용을 고치고 다듬는 것이 좋다.

우리 반

박세웅

물이랑 소금은
서로 친해요.

아세톤이랑 소금은
서로 친하지 않아요.

친한 친구는 함께 놀지만
친하지 않은 친구는 함께 놀지 않아요.

그런데
물이랑 아세톤은 함께 놀아요.

누구와도 함께 놀며 어울리는
우리 반은 모두 친구.

* 친한 친구는 서로 섞이는 물질, 친하지 않는 친구는 서로 섞이지
  않는 물질을 말한다.

녹 는 다……

조경진[+]

녹는다.
아침께 사놓은 내 아이스크림이,

녹는다.
어젯밤 얼려놓은 내 얼음이,

얼음아,
너는 녹아서 물이 되었구나.
얼마나 뜨겁고 더웠으면,
물이 되었니?

오늘 아침,
과학선생님,
소금을 녹이라신다.

소금아,
너는
얼마나 뜨겁고 더워야 녹겠니?

아마도
선생님의 '녹인다'는
다른 말뜻이겠지.

잠깐
그 아이에게 향하는 뜨거운 내 마음,
녹아서 물이 되진 않겠지?

* 우리말로는 '녹다(녹이다)'가 하나지만, 영어로는 '용해하다(solve)
  와 융해하다(melt)' 둘이 있다.

찜질방 가는 날

김유리

오늘은 일요일
가루들이 찜질방 가는 날.

뜨거운 불가마 들어오면
모두들 뜨거워 어쩔 줄을 모르네.

달콤한 설탕은
너무 뜨거워서 얼굴색이 변하면서 녹아버리고

짜디짠 소금은
뜨겁다며 이리저리 튀어 다니고

새파란 얼굴 황산구리는
너무 뜨거워서 새하얗게 질리고

녹말은
얼굴이 까매지며 냄새를 풍기는데

소다는
무슨 일이 있냐는 듯 잘 참는다네.

찜질방 불가마 안에서
모습은 변했지만 언제나 즐거운 가루 친구들.

*초등학교 과학 '우리 주위의 물질' 단원에서 실험한 설탕, 소금,
 황산구리와 녹말, 소다에 열을 가했을 때 나타나는 현상을 표현
 한 것이다.

우리 그냥
사랑하게 해주세요

배은진

날씬날씬 기름양
듬직듬직 워터군
우리는 로미오와 줄리엣
사랑해선 안 되는 사이

손 한번 잡아보고 싶어요.
한번만 안아보고 싶어요.
하나되지 못한 마음이
산산이 부서지네요.

너희들의 소원을 들어주마.

비누도사의 마법에
하나된 기름양과 워터군.
사랑의 상처도 깨끗이 사라지네요.

* 날씬날씬 기름이 듬직듬직 물 위에 뜬다. 사랑의 상처는 비누에
  의해 지워지는 기름때, 물때이다.

나는 설탕, 친구는 물

서울 오류초 5년 윤미연[+]

나는 설탕
친구는 물
우린 언제나
섞일 수 있는 하나

물과 설탕이 싸우면
유리막대라는
선생님이
우릴 섞어서
하나가 되게 한다.

유리막대 선생님이 안되면
지원자가 되는 가열 부모님
열을 가해
설탕을 녹여
물과 화해하게 한다.

설탕과 물 곁엔
항상 섞어주는
유리막대 선생님
가열 부모님.

동시를 과학시간에 도입하면 TV나 영화 소재를 도입할 때처럼 학생들
이 신기하고 재미있어 한다.

포 화

김옥정

부딪히고 밀리며
짜증나지만

아직은 괜찮아
친구야 들어와.

이쪽으로 조금 더
가까이 와도 돼.

그래도 친구들아
더 들어 오겠니?

삐 ~ ~
이제 더 오면 싫어.

❖ 과학동시를 쓴 소감

과학동시를 직접 지어본 교사들은 '재미있지만 어려웠다'며 다시 내용을 찾아 공부하며 자신을 부끄러워하기도 한 반면, 학생들은 '재미있고 뿌듯하다'며 즐거워하고 자신과 동시를 자랑스러워하였다.

우 정

김미현

친구야

우리의 우정이

이산화탄소와
석회수의 만남처럼
흐릿하지 않으며

묽은 염산과
마그네슘의 만남처럼
요란스럽지 않으며

염기성과
산성의 만남처럼
갑작스럽지 않으며

물에
소금이 녹아들듯이
서로가 서로에게
동화되길 바래……

* 물질과 물질의 반응을 표현한 것이다.

철가루 꼬마와 자석 아저씨

주창훈

수룩수룩 부어서
휙휙 섞였네.
모래밭은 싫어~싫어~
집으로 보내줘요

빨강 파랑 싸이렌 울리며
자석 아저씨 달려오네

으라차차!
자석 아저씨 내 손 잡고
집으로 데려다 주시네.

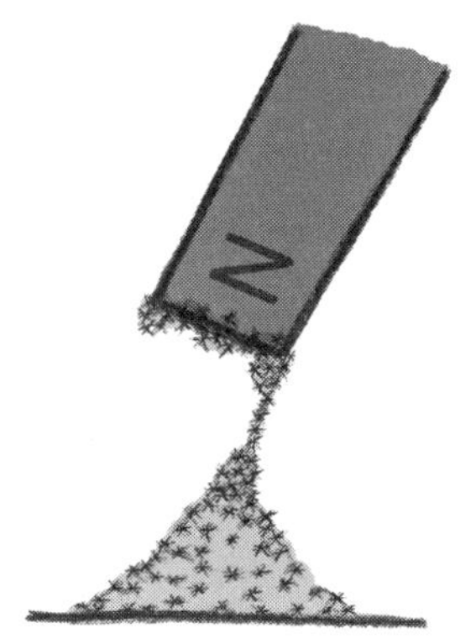

* 초등학교 과학 '섞여있는 알갱이의 분리' 단원에 등장하는 모래
와 철가루의 분리이다.

까만 싸•인펜

이기라[+]

남들은
까만 나를 싫어하지만
까만 나의 몸 안에는
남들에게 보이지 않는 게 있다.

까만 내가 물을 마시면
어느새 드러나는 그것들.
내 안에 숨어있던
노랑이, 파랑이, 보라……

남들은
까만 나를 싫어하지만
까만 나의 몸 안에는
온갖 이쁜이들이 다 있다.

*크로마토그래피 방법을 이용하여 까만 싸인펜의 색소를 분리하
 는 실험을 표현하였다.

부부 - 산 • 염기의 중화

김성희

신맛 내는 산군과
쓴맛 내는 염기양이
결혼을 했어요.

처음에는 서로 달라
무지무지 싸웠지요.

산은 염기보고 산이 되라 하고,
염기는 산보고 염기가 되라 하고.

시간이 흘러흘러
서로를 이해하고
조금씩 양보하자
변화가 생겼어요.

산이 아닌 염기도 아닌
중성이 되었지요.

하나된 부부에겐

물과 염이라는

아가들도 생겼대요.

* 저자 김성희 선생님의 말 : "과학동시는 나의 과학적 이해도를
되짚어 생각해 보게 하였고, 그 과정에서 내가 부족하고 갖추어
야 할 부분이 무엇인지를 알게 해주었다. 또한 새로운 교수전략
을 배운 후 숙달하기까지는 연습과 노력이 필요함을 느끼게 해주
었다."

양배추 아가씨

김지연

동글동글 아삭아삭 양배추 아가씨,
식초 한잔 들이키고 아이 셔 이게 뭐야.
예쁜 얼굴 찌푸리며 새빨개졌네.

동글동글 아삭아삭 보라배추 아가씨,
이번에는 비눗물을 우유인줄 알았대요.
뱃속이 부글부글 연녹색으로 질린 얼굴.

동글동글 아삭아삭 보라 양배추 아가씨,
오늘은 이상한날 물은 어디 있는 거야.
찾았다 시원한물 꿀꺽꿀꺽 아! 시원해.
다시 찾은 보랏빛 뺨 발그레 예쁜 양배추 아가씨.

* 양배추 지시약을 말한다. 자줏빛(보라빛) 양배추액이 산성을 만나
면 붉은색으로, 염기성을 만나면 연녹색으로 변한다.

페놀프탈레인

홍혜현

페놀프탈레인은 염기성이 좋아하죠.
염기성이 길을 가다
페놀프탈레인을 만나면
너무 좋아 얼굴이
금새 빨개지지요.

페놀프탈레인은 산성이 싫어하죠.
산성이 길을 가다
페놀프탈레인을 만나면
얼굴 살짝 찌푸리며 모른척
그냥 지나가지요.

* 페놀프탈레인 지시약 용액은 염기성 용액에만 반응하여 진분홍
빛으로 변한다.

페놀프탈레인의 사랑

김현정

내 마음 속엔
항상 나를 설레이게 하는
당신이 있습니다.

상큼한 쥬스처럼
산성은 아니지만

모든 생명을
숨쉬게 하는 물처럼
중성의 매력도 없지만

고약한 냄새만 풍기는
염기성의 암모니아수……
당신만 만나면
내 얼굴은 붉게 달아오릅니다.

아무도 내 마음을
움직이지 못하지만

늘 염기성의 당신만
내 마음을 설레이게 합니다.

❖ 과학동시 짓기
과학동시 짓기를 개인별이 아닌 모둠 활동으로도 할 수 있다.

내 마음을 알고 싶으면

최영아

내 마음을 알고 싶으면
푸른 리트머스 종이를
살짝 담가보렴
너에게 화난 내마음
강한 산과 같아
붉게 변할거야

내 마음을 알고 싶으면
붉은 리트머스 종이를
살짝 담가보렴
너에게 심술난 내 마음
강한 염기와 같아
파랗게 변할거야

너의 작은 미소
한 모금 마신다면
내 마음 중화되어
변치 않는 리트머스종이처럼 될거야.

* 푸른 리트머스 종이가 산성을 만나면 붉은색으로, 붉은 리트머스
종이가 염기성을 만나면 푸르게 반응하며, 중화된 중성 용액에서
는 색의 변화가 없다.

산 소

인천 능허대초 6년 장수민

우리의 보물인 너
우리를 살리는 너

묽은 과산화수소와
이산화망간이 만나면
태어나는 너

감자와 오이로도
만들어지는 너

항상 우리 곁에 머물며
도와주는 너

나도 너처럼
도움이 되고 싶어

너의 이름은

산-소-

과학동시를 도입해 소개하고 동시 속의 단어들은 빈칸으로 만들어 학생들이 정답을 맞히는 활동도 할 수 있다.

이산화망간

최봉애

이렇게 새까만 색깔을 하고 있어도

산소를 빨리 만들려면 내가 꼭 필요하지요

화학 약품들이 가득찬 보관실에

망가지지 않고 잘 들어있다가

간단히 깔대기를 지나온 과산화수소수를 만난답니다.

* 과산화수소수로 산소를 발생시킬 때 쓰는 이산화망간 촉매이야기이다.

❖ **과학동시 짓기**

삼행시 원리를 이용한다. 과학적인 현상이나 개념의 첫 글자로 문장을 완성해 보게 한다.

우리 엄마는 산소

변소윤

엄마는 산소에요.
자신을 내주어
꺼져가는 불을 활활 타게 돕는 산소처럼
엄마는
나를 위해 아낌없이 주지요.

엄마는 산소에요.
있을 때는 소중한 것을 모르지만
없으면 숨을 쉴 수 없는 산소처럼
엄마가 아프면
나는 아무 것도 할 수가 없어요.

그래서 우리 엄마는
내게 있어 산소같은 존재에요.

•이산화탄소는 변덕쟁•이

김현영[+]

나는 부끄럼쟁이
냄새도 색깔도 없어
숨어버리면 찾기 힘들어요.

나는 욕심쟁이
다른 친구들보다 몸이 무거워서
가라앉아 버려요.

나는 심술쟁이
내가 한번 지나가면
맑았던 석회수 뿌옇게 흐려버려요.

나는 겁쟁이
불만 보면 무서워
'호호' 꺼버리지요.

나는 변덕쟁이
이산화탄소

* 이산화탄소의 여러 가지 성질을 표현하였다. 욕심쟁이는 이산화
  탄소는 같은 부피일 때 다른 기체보다 분자량이 커서 무거운 것
  을 말한다.

•연탄가스

옥상헌

철수는 다락에서
영희는 바닥에서
잠을 잡니다.

그날 밤……

영희만 죽었습니다.

* 연탄가스의 주성분인 일산화탄소를 매우 엽기적으로 표현하였
다. 특별히 이 삽화는 저자 옥상헌이 직접 그린 것이다.

지구 영역

수수께끼 - 무엇일까요?

무엇인지 알아맞혀 보세요.

노아의 홍수 이전부터 있던 것인데

살도 없고, 뼈도 없으며,

정맥도 없고, 피도 없는 것,

머리도 없고, 발도 없지요……

들에도 있고, 숲에도 있는데……

손도 없고, 발도 없어요.

또한 넓기는

지구 표면만큼 넓답니다.

이것은 태어난 것도 아니고,

눈으로 볼 수 있는 것도 아니지요……

*수수께끼의 답은 '바람'이다. 오래전 웨일즈 지방의 음유시인들이 읊은 글인데, 최인수가 옮긴 한울림의 책 칙센트미하이(Mihaly Csikszentmihalyi)의 "미치도록 행복한 나를 만난다(FLOW)"에서 발췌하였다.

태양계 가족 1

김수정

엄마 옆에 바짝 붙어
쫄래쫄래
재롱둥이 수성

으랏차,
아침 일찍 일어나는
부지런한 둘째언니 금성

키도 제일,
몸무게도 제일
목성 오빠

요리보고 조리봐도
번쩍번쩍 멋쟁이
토성 언니

빨간 얼굴로 들썩들썩
무서운 화성 오빠

우당탕탕 시끌벅적
항상 신나는 지구

쉿, 쉿.
말없이 조용한
천왕성 해왕성 쌍둥이 오빠

~~고개를 빼꼼 내밀고는~~
~~또 어디 가버렸니, 욘석!~~
~~우리집 막내 명왕성.~~

이 녀석들,
너무 멀리 나가지 말고 엄마 옆에서 놀아야지!
태양 엄마의 잔소리.

하하하, 항상 웃음 끊이지 않는
우리는 사이좋은 태양계 가족.

* 2006년 초겨울, 명왕성은 태양계의 행성 목록에서 빠졌다. 퇴출
  이 아니라 자유일지도……

태양계 가족 2

최은주

저희 가족들을 소개해 드릴게요
엄마, 아빠가 누군지는 잘 모르구요,
여러 명의 형제들과 함께 살고 있어요
우리 가족은 큰형을 중심으로 살아간답니다
항상 열받아 있는 큰형아 태양은,
가까이에 가서 귀찮게 굴지만 않으면
따뜻하고 포근하게 대해 줘요.
둘째형 수성과 셋째형 금성은
저보다 작기는 하지만,
그렇다고 저는 형아들을 얕보고
앞자리를 차지하지는 않아요.
첫째 동생 화성은
형제들 중에서 저와 가장 비슷하지만요,
성격이 안 좋아서 물과 공기 같은 친구들이 없답니다.
화성과 목성 사이에는 수많은 어린 동생들이 있는데요,
여기서는 시간관계상 소개하지 않을게요.
목성은 제 동생이지만, 태양형 다음으로 커서 함부로

대할 수가 없어요

토성은 다들 예쁜 고리를 가졌다고 칭찬하지만,

실은 그게 얼음조각들이래요.

천왕성과 해왕성(그리고 명왕성)은

멀리 살고 있다는 핑계로 연락도 잘 안 하는 괘씸한 녀

석들이지만

그래도 엄연한 우리 가족이랍니다.

태양계 가족 3

형우성

둥근 얼굴의 공통점
너무나 다른 우리 가족

우리를 자애로운 미소로
밝게 비추어 주는 엄마, 태양

엄마 곁에 제일 가까이
붙어 있는 수성

부끄러움을 많이 타서
얼굴이 빠알간 금성

생명이 팔딱이고
물을 간직한 나, 지구

나처럼 생명이 팔딱거렸다고
믿었던 화성

우리 형제 중
가장 크고 듬직한 목성

고리 돌리기를
너무 좋아하는 토성

망원경과 함께
태어난 천왕성

청록색의 진주처럼
어여쁜 해왕성

~~외톨이처럼 멀리~~
~~서 있는 작은 명왕성~~

개성과 생김새가
각각인 우리 가족

나는 우리 가족이
참 좋아요

왜냐하면
가족이니까요.

달

장형규

해질 무렵 초승달, 무얼 그리 피곤한지
서쪽하늘 어귀에서 안녕하고 자러 가네.

해질 무렵 상현달, 부지런히 달려와서
남쪽하늘 중앙에서 당당하게 반겨주네.

해질 무렵 보름달, 햇님하고 교대하고
동쪽하늘 어귀에서 안녕하고 일어서네.

해질 무렵 하현달, 장난삼아 숨어있다
동쪽하늘 자정 무렵, 방긋하며 나타나네.

해질 무렵 그믐달, 게으르게 늦잠 자다
동쪽하늘 해뜰 새벽, 어색한 듯 힐끗 웃네.

* 해질 무렵 오후 6시경을 기준으로 달의 위상에 따른 위치를 말해
준다. 초승달은 지려하고, 상현달은 남중, 보름달은 뜨려하고, 하
현달은 숨어서 보이지 않다가 자정에야 나타난다.

달… 부끄럼쟁이

한소희

정말 얼굴 안 보여줄꺼야?
부끄러워하기는.

—— 너랑 만난 지 여덟 번째 되던 날.
빠알간 노을이 아름답던
바로 그날.
오른손으로 가리고 있던 너.

그거 알아?
반짝이는 왼쪽 눈 딱 걸렸어!!

정말 얼굴 안 보여줄꺼야?
부끄러워하기는.

—— 너랑 만난 지 스물두 번 째 되던 날.
주홍빛 해가 떠오르던
바로 그날.
왼손으로 가리고 있던 너.

그거 알아?
반짝이는 오른쪽 눈 딱 걸렸어!

그거 알아?
십오 일째 되던 날이었지?
자명종이 12번 울고 있던
바로 그날 밤.
날
빠―히 바라보고 있는
너의 반짝이는 두 눈 모두 보았지.

한 달 후에는.
얼굴 안 가릴꺼지?
그때까지 기다릴게.

* 너랑 만난지 여덟 번째 날, 음력 8일 뜨는 반달은 오른손으로 가
리면 달 자신의 오른쪽 얼굴이 가려져서 우리가 보기에는 오른쪽
이 환한 상현달이다. 빠알간 노을이 아름다운 저녁에 남중한다. /
음력 22일, 달이 왼손으로 왼쪽 얼굴을 가려서 우리가 보면 왼쪽
이 환한 하현달, 주홍빛 해가 떠오르는 아침에 남중한다. /물론
보름달은 음력 15일 자명종이 12번 울리는 자정에 온 얼굴을 다
보여주며 남중한다.

우리는 돌 삼총사

류지희

우리는 단단한 돌 삼총사
지구를 만들었지.
우리가 없으면
푸른 산과 바다도 없어.

삼총사 중에 보물을 가진
나는 층층이.
흙, 모래, 자갈들이 층층이 쌓여
층이 있는 옷을 입고 있지.

화산이 있는 곳에만 사는
우리는 쌍둥이.
밖에서 빨리 식은 송송이와
안에서 천천히 식은 점박이가 있지.

누구나 변신 가능한
나는 얼룩이.

친구들이 높은 열과 압력을 받으면
얼룩말 무늬 옷을 입지.

우리 삼총사는
친구들이 보고 싶으면
옷을 바꿔 입고
친구들을 만나러 가지.

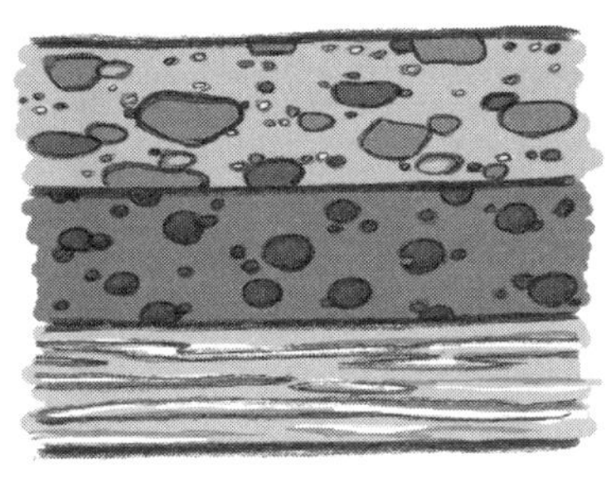

* 2, 3, 4연의 돌은 각각 퇴적암(층층이), 화성암(송송이 현무암과 점
  박이 화강암), 변성암(얼룩이)을 말하며, 이를 돌 삼총사로 표현하
  였다. 5연은 암석의 변환을 말하고자 하였다.

바위를 닮은 사람이고 싶다

김미현

오랜 세월
차곡차곡 쌓여
굳어진 퇴적암처럼,

지속적이고
끈끈한 믿음을 가진
사람이고 싶다.

뜨겁게
끓어오르는 마그마가
굳어진 화성암처럼,

끝없는 열정과
젊음으로 뭉쳐진
사람이고 싶다.

열과 압력을 받아
모양과 성질이 변한
변성암처럼,

모진 시련을 이겨내고
새롭게 거듭나는
사람이고 싶다.

변성암

인천 연성초 6년 강남호[+]

편마암의 아버지는
화강암이다.

대리암의 아버지는
석회암이다.

규암의 아버지는
사암이다.

이처럼 암석들도
사람들처럼
가족이 있네~.

* 원래 지은이 '남호'는 화강암의 아버지는 편마암/ 석회암의 아버
  지는 대리암, 이런 식으로 모든 자식과 아버지를 바꾸어 썼었다.

미운 탄소 새끼

배은진

엄마,
저 투명한 피부와 빛나는 얼굴을 좀 보세요.
난 이렇게 시커멓고 더럽기만 한데

탄광촌에서 태어난 광물가족
막내 탄소군은
광물계의 슈퍼스타
다이아몬드 소식을 듣고 슬퍼합니다.

엄마 구리는
못생겨도 탄소 넌 쓸모많지 않니하며 힘을 주지만

옆 동네 금동이, 은실이의
미운 탄소새끼라는 계속되는 놀림에
상처받은 탄소군은 여행을 떠나갑니다.
못생겨도 열심히 살겠어.

금, 은 만큼은 안 되더라도
남들보다 더 열심히!

혹독한 어려움과,
뜨거운 열기에도 꿋꿋이
수행을 하던 탄소군.

오랜 시간이 흘러
세상에 나왔을 때
사람들의 외침소리가 들립니다.

"세상에, 다이아몬드잖아!"

그래,
난 더 이상 미운 탄소새끼가 아냐.

감격의 눈물방울이
눈부시게 반짝입니다.

*오리와 백조의 '미운 오리새끼' 이야기를 탄소와 다이아몬드의
  '미운 탄소새끼'로 각색하였다.

우리는 하나

박인희

저 바다 아래로 내려간다.
나도 따라 내려간다.
언니는 나를 업고 나는 동생을 업고
가까이 다가갈수록
사랑은 매일 조금씩 끈끈해지고 단단해져 간다.

그리운 누군가가 또 내려오면
동생 등에 업히고
서로의 숨소리에 마음을 느낀다.

다른 얼굴 다른 성격
줄무늬 암호로 우리는 하나가 된다.
우리안의 지닌 보물 우리만이 가진 황홀한 이야기
까마득한 이야기 보따리를 가진 비밀로 뭉친 우리.

고통과 아픔에 변하겠지만
같이 웃고 우는 우리는 하나.
흩어져도 다시 모여 우리를 만든다.
돌고 돌아 하나라는 마음으로 거듭난다.

우리는 하나.

* 지층의 누적을 말한다. 줄무늬는 층리, 보물은 화석, 흩어지고 모
  임은 순환작용이다.

내 친구 지구

이수향

내 친구 지구는 한시도 가만히 있지 않아요.
한쪽으로 고개를 살짝 젖히고는 하루종일 뱅그르르 돌아요.
누군가가 따라올까 계속계속 도망가죠.

내 친구 지구는 반듯한 건 싫어해요.
한쪽으로 고개를 살짝 젖히고는 따뜻한 태양을 바라보죠.
새까맣게 탈까 두려워 계속계속 뒤척이죠.

내 친구 지구는 누구에게나 친절해요.
한쪽으로 고개를 살짝 젖혔지만
모두에게 나눠주죠.
하나라도 버려질까 계속계속 고민하죠.

하지만 내 친구 지구는
똑같은 건 싫어해요.
한쪽으로 고개를 살짝
젖히고는 어떻게 장난칠까 고민하죠.

그래서 모두에게 똑같이 나눠주진 않아요.

내 친구 지구는 한시도 가만히 있지 않아요.
한쪽으로 고개를 살짝 젖히고는 매일매일 장난치죠.
하지만 누구든 그와 함께하고 싶어해요.

* 지구의 자전과 공전, 밤낮, 자전축, 위도에 따른 기온차 등을 나
  름대로 표현하였다.

화 산

이미옥

우리 언닌
화강암,
하얀 얼굴에
주근깨가 매력 포인트
언닌 정말 예뻐요.

난
현무암,
거무스름한 얼굴에
울퉁불퉁 내 모습
어쩜 이렇게 언니랑 다를까?

언니와 날 낳으실 때
엄마는
얼마나 힘드셨을까?

언니와 날 낳으실 때
엄마 몸은 부풀어오르고

뜨거운 불덩이 되었대요.

너무 큰 고통에
신음소리는 점점 커지고
몸부림에 땅이 흔들렸대요.

그렇게 힘들게
우릴 낳으셨대요.

엄마의 사랑으로
태어나서
엄마의 사랑으로
잘 자란 우리 자매.

이제야 알 것 같아요.
엄마의 큰사랑을!

❖ 과학동시 짓기
사물을 제 3자로 보고 의인화하는 방법이 가장 쉽다. 여기서 더 나아가 과
학 현상이나 관련 사물에 감정을 이입하여 자신이 그 자체가 되어본다.

화 석

이지은

친구들이 보고 싶어요.
먼 옛날 바다 속에서
함께 놀던 나의 그리운 친구들
앵무조개야,
삼엽충아.

친구들과 함께 했던 그 시절.
서로의 체온이 느껴지던,
따뜻했던 그 시절이 그리워요.

이제 나는 더 이상 바다 속에 살지 않아요.
이제 나는 더 이상 바다 속 '땅'이 아니에요.

깊고 깊은 잠에서 깨어났을 때
내가 사는 이곳은 밝은 햇살이 비춰주는 곳.
이제 나의 이름은 '화석'이에요.

따사로운 햇살을
함께 느낄 친구들이 이젠 내 곁에는 없어요.
푸르른 하늘을
함께 볼 친구들이 이젠 내 곁에는 없어요.

하지만
난 슬프거나 외롭지 않아요.
내 마음에
친구들을 닮은 예쁜 도장이
꼭꼭 찍혀 있으니까요.

지층 – 시체놀이

조미정

가위! 바위! 보!

맨 꼴찌인 수정이는 맨 밑에 눕고,

그 다음으로 진 민정이는
수정이 위에,

그 다음으로 진 현지는
민정이 위에,

일등인 혜정이는
현지 위에,

혜정이가 부러운 수정이,
수정이는 혜정이보다 더 한참을 누워있어야 했다.

*시체놀이란 가위바위보나 놀이에서 진 사람이 아래에 눕고, 그
  위로 계속 다른 사람들이 올라가서 눕는 것이다. 지층이 쌓일 때
  차례대로 쌓이는 것과, 아래의 지층이 위의 지층보다 오래되었다
  는 지층의 원리들을 표현하였다.

그림자

김윤경

운동장 가득
밝은 마음 담아 놓고
해님이
그림을 그린다.

하늘 향해 두 팔 벌린 나무도 그려 넣고
아름다움 뽐내는 꽃들도 그려 넣고
화사한 노랑나비도 그려 넣고

운동장에 뛰노는 아이들
바람이 놀아주면

나무들이 너울너울 손을 흔든다.
꽃들이 살랑살랑 노래 부른다.
노랑나비 나풀나풀 춤을 춘다.

색칠은 언제하지?
해님이 활짝 웃는다.

❖ **과학동시의 활용**

과학동시라고 한정하기에는 매우 아름답고 예쁜 시다. 수업에 활용하는 과학동시가 반드시 개념학습에 충실하여 공부시키려는 의도와 목적을 가질 필요는 없다.

나는 그대로•인데

유호연

나는 그대로인데
너는 아침만 되면 길어지는구나,
시원한게 좋은가 보구나.

나는 그대로인데
너는 오후가 되면 짧아지는구나,
더운게 싫어서 내 밑에 숨는구나.

나는 그대로인데
너는 저녁이 되면 길어지는구나,
집에 가고 싶은 마음만큼 키가 커지는구나.

나는 그대로인데
너는 밤이 되면 숨어버리는구나,
달빛 아래 꼭꼭 숨어 못찾겠구나.

* 너는 '그림자'를 말한다.

물의 여행 1

박민기

하늘 동네 물방울 친구들아 모여라
너와 내가 하나 되어 뭉개구름 되면
높새바람 찾아와 우리함께 여행가자!

먼지 친구들아! 어서어서 모여라
너와 내가 하나 되어 빗방울 되면
새 친구 찾아서 노래하며 여행가자!

똑—똑—똑 땅속마을 노크하며 내려오면
새싹친구 수줍은 듯 나를 반기네
졸—졸—졸 시냇물들 인사 나누고
강물 따라 큰 바다로 우리함께 여행가자!

햇님이 반짝반짝 수줍게 인사하면
헤어졌던 물방울 친구들
반갑게 두 손 잡고 모여
날개 달고 고향마을 우리함께 돌아가자!

* 물(비)의 순환을 여행으로 풀어 보았다.

물의 여행 2

곽선우

어느 여름날
잠에서 깨어보니
하늘을 날고 있었다.

그리고 그 곳에서
친구들을 만났다.
아는 친구,
모르는 친구,
우린 한데 어우러졌다.
즐겁게 즐겁게,

누가 말했다.
이제 헤어져야 할 시간이라고
모두들 그렇게
다른 옷을 갈아입고
제각기 어디론가 떠났다.

긴 여행 후
집으로 돌아오니
다시 만난 친구들
오늘도 여행얘기로
시간가는 줄 모른다.

* 초등학교 '물의 여행' 부분은 참 "재미 없어지기" 쉽다. 그러나
  위와 같은 예쁜 시로 과거의 추억 여행, 미래의 환상 여행 이야기
  로 이끈다면 "재미 있어지지" 않을까?

요술쟁이 물

서울 개웅초 4년 김은진

나는 요술쟁이
손으로 잡을 수 없지만
그릇에 담을 수 있어요.

나는 요술쟁이
추운 날에 얼음 되어
단단해지지요.

나는 요술쟁이
단단한 얼음도
더운 날에 다시 물이 되지요.

나는 요술쟁이
가열하면 수증기 되어
모습이 보이지 않지요.

나는 요술쟁이
수증기는 하늘에서
구름 되지요.

나는 요술쟁이
수증기 친구들 모이면
비가 되어 내리지요.

나는 모습을 바꿀 수 있는
요-술-쟁-이-

*물의 세 가지 상태를 지구에서의 물의 순환 차원으로 본 것이다.

• 안 개

김성희

수증기 친구들이 여행을 다녀요
새벽녘 땅 가까이 도착했어요

친구들아! 춥지 않니?
변신변신 물방울로
모여모여 하나 둘 셋

소풍가는 어린아이
우리보고 미소짓고
우산장수 아저씨는
우리보고 찡그려요

동이 튼다 해가 뜬다
친구들아! 덥지 않니?
변신변신 수증기로
날아가자 흩어지자

수증기 친구들은

오늘도 여행을 해요.

비오는 풍경

남혜영

조그만 창틀 사이로 빼꼼히 내민 아이 얼굴 하나
방안에 찾아온 **아침 무지개** 빛깔에 잠이 깬 모양이다.

앞마당 작은 연못에 **물고기는 뻐끔뻐끔**
뒷담너머 작은 개울가 **청개구리는 개골개골**
뒷산너머 **대나무숲은 쏴아쏴아** 울기시작한다.

개미는 아침부터 부산히 때를 지어 이사를 간다.
일렬로 가는 모습이 참 장하다.
어디선가 날쌔게 날아온 **제비**는 누굴 찾는 걸까.
개미떼와 부딪치지는 않을까 아이 얼굴 걱정 가득하다.

아이는 아침에 바다로 나가신 할아버지를 생각하며
오전한때를 계속 보낸다.
바닷바람에 기침하시진 않을까.
무심한 갈매기 바닷가에만 있지 말고
높이높이 멀리 날아 우리 할아버지 좀 찾아주려무나.

다식은 콩나물국과 계란말이를 먹는 아이는
혼자서도 씩씩하게 밥 한 그릇 비운다.
밥그릇에 밥풀은 뚝뚝 잘도 떨어진다.

뚝뚝뚝 빗방울이 떨어진다.
집을 짓던 거미도 이미 사라진지 오래.
어젯밤에 본 **달무리**를 찾아 떠났나 보다.
아이도 우산 두개 들고 앞바다에 나가본다.

* **굵게** 표시한 부분은 비 오기 전 동식물들의 특징과 자연현상들이
   다.

육풍과 해풍

전금숙

동도 안튼 이른 새벽
돛을 달아라.

밤새 품은 만선의 꿈
펼치고 싶어

육풍아, 불어라.
바다로 가자.

붉게 물든 저녁 노을
돛을 달아라.

온 종일 낚아 올린
만선의 기쁨

해풍아, 불어라.
집으로 가자.

* 밤에는 육지에서 바다로 향하는 육풍, 낮에는 바다에서 육지로
  향하는 해풍이 부는 현상을 나타내었다.

공기는 신기해

시흥 신천초 3년 김다혜

공기는 신기해
알록달록 예쁜 풍선을 부풀어오르게 하니깐

공기는 신기해
공간을 다 차지해서 좁진 않을까?

공기는 신기해
보이지도 만지지도 못하니깐

공기는 신기해
아무것도 모르는 우리를 살아가게 하니까.

공기 1

옥성수

말랑말랑 풍선속에 있고요
탱글탱글 공속에도 있지요.

보글보글 물속에서 보이고
살랑살랑 바람에서 느껴요.

후이후이 콧속으로 들어와
푸우푸우 내입으로 나오죠.

공기 2

황순희

보이지 않지만
많은 것을 가지고 있고
뽐내지 않지만
많은 일을 하는
우리의 친구

사랑하는 가족과 친구들
우리 집 뽀삐와 동물 친구들
꽃밭의 해바라기와 식물친구들
모두 숨쉬어 살게 하고
양분 만들어 살게 하지요.

너~무 더운 여름날
쌩쌩 바람으로
우리에게 달려와
살맛나게 하지요.

하지만
우리는 그 중요함을 몰라요.
예쁘다고 헤어스프레이 막 쓰고요
바쁘다고 자동차 붕붕 달려요.

나는 약속할 거예요
예쁜 빗으로 머리 빗고
튼튼한 다리로 걸어서
우리 친구를 지켜 줄 거예요.

땡땡이

정진이

우리 주위는
보이지 않는
땡땡이들로 가득 차 있어요.

종이 위에도
가방 속에도
어디에나 땡땡이들이 있어요.

우리는
이 땡땡이를
공기라 부른답니다.

오밀조밀
땡땡이들이 많은 곳은
고기압

헐렁헐렁
땡땡이들이 적은 곳은
저기압

갑갑해~
갑갑해~
고기압에서 저기압으로
땡땡이들이 이사 갑니다.

땡땡이들이 이사 갈 때면
슝~ 슝~
바람이 불어요.

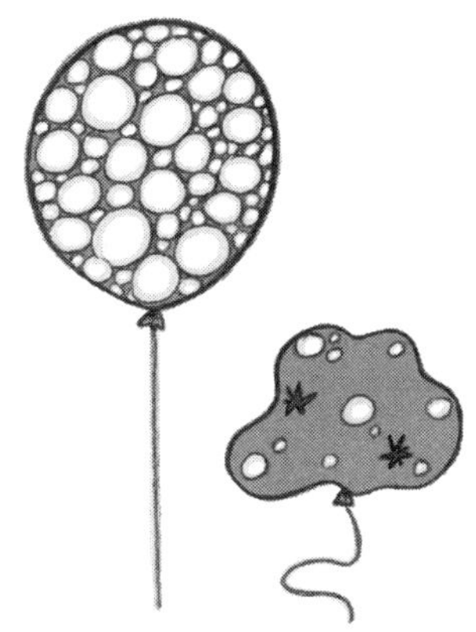

왜 모를까요?

류영민

커다란 공장 굴뚝
수많은 자동차들
시커먼 연기가
하루 종일 뭉게뭉게
그 시커먼 연기
구름이 되어
산성비를 내려요

커다란 공장 배수관
산 같은 쓰레기들
더러운 폐수가
하루 종일 콸콸콸콸
그 더러운 폐수
바다로 가
우리 밥상에 돌아와요

숲이 사라져요
동물들이 죽어가요
숨을 쉬기 힘들어요
까닭 없이 아파요

사람들은
왜 모를까요?
우리가 자연을 아프게 하면
우리도 그래서 아프다는 걸

❖ 과학동시의 활용

과학동시는 아직 많이 알려져 있지 않으나 환경동시나 환경가요는 대
회를 실시하는 단체가 있다.

생명 영역

여우야

박현정

여우야 여우야 북극 여우야
너는 왜 귀가 작니?

추워서 추워서 너무 추워서
내몸의 따뜻함을
간직하고 싶어서

여우야 여우야 사막 여우야
너는 왜 귀가 크니?

더워서 더워서 너무 더워서
내몸의 뜨거움을
내보내고 싶어서

내몸은 내몸은 나의 이 몸은
내 고장 어떤점을
닮아 있을까?

누구게?

오지은

내가 사는 곳은 냄새나는 쓰레기장
좋아하는 음식은 포도껍질
취미는 붕붕 날아다니기!
특기는 덩치 크고 무서운 집파리 형 피해 다니기!

내 두 눈은 예쁜 빨간색
6개의 내 다리는
동시에 많은 일을 할 수 있어서 매우 편리해!
내가 가장 자랑스러워하는 건
햇빛에 비쳐 반짝이는 투명한 내 날개 2장!

내가 누구게?????

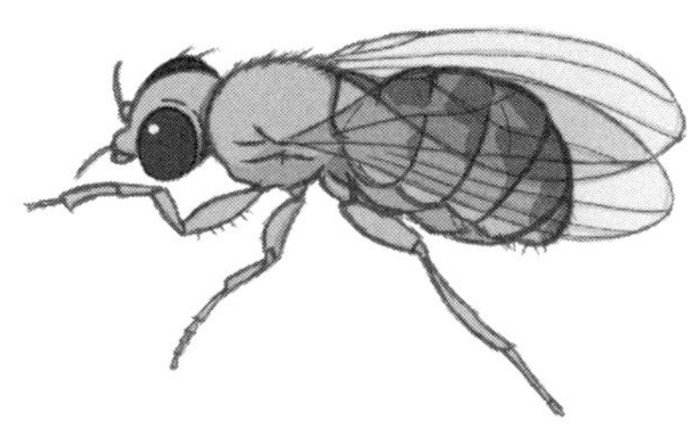

다람쥐

인천 연성초 6년 박정윤[+]

산에 가면 볼 수 있는 동물입니다.
꼬리 끝이 뭉툭합니다
원숭이 못지않게 나무를 잘탑니다

바로 다람쥐입니다

사람들은 보통 다람쥐가 몇 종류 안된다고 생각하지만
동물원의 다람쥐는 종류가 아주 다양합니다.
하지만 우리 주변에는 단 한 종류밖에 없습니다.

다람쥐는 입속에 양식을 저장해 둡니다.
입속이 통통한게 귀엽습니다.

다람쥐는 쥐의 종류일까요?
너구리의 종류일까요?
무슨 종류일까요?

바로 쥐의 종류입니다.

* 저자 정윤이의 말 : "다람쥐에 대해 새로 안 건 없지만 다람쥐를
  기억한 게 기쁘다. 무엇보다 내가 이 동시를 썼다는 게 뿌듯하
  다."

생물의 무리

임성재

우리가 그들의 이름을 불러 주기 전에는
그들은 다만
하나의 생명에 지나지 않았다.

우리가 그들의 이름을 불러 주었을 때
그들은 우리에게 와서
동물과 식물이 되었다.

우리가 그들의 이름을 불러 준 것처럼
그들의 형태와 특징에 맞게
척추, 무척추, 꽃식물, 민꽃식물로 불러주오.

딱딱한 등뼈를 지녔다고 척추라 부른다면
뼈없는 서러움을 지닌 고독의 무척추가 있으며,
아름다움을 피운다고 꽃식물이라 한다면
아름다움이 없는 서러움에도 고귀한 생이 있음을
알려주고 싶으오.

우리는 그들을 나누고, 살피고, 이용하였으나
그들은 한없는 자연의 사랑과 무한함을 준
하나의 큰 생명의 무리임을 잊지 않을 것이오.

* 주변의 생물을 우리 인간은 의미를 주려고 관찰하고 연구하였으
  나, 자연은 그들의 있는 그대로의 의미를 우리 인간에게 베풀었
  음을 기억하기 위한 시이다. 김춘수의 시 '꽃'을 보고 아이디어를
  얻은 것이다.

피라미드

이진아

늠름한 소나무 당당하게 우뚝,
"나는 튼튼해서 아무도 날 건드릴 수 없어!"

소나무에 진딧물이 소나무 보며 꿀꺽,
"맛있겠다! 역시 세상에서 내가 제일 힘이 세!"

거미줄 탄 거미가 진딧물 보며 꿀꺽,
"맛있겠다! 역시 세상에서 내가 제일 힘이 세!"

하늘 날던 박새가 거미 보며 꿀꺽,
"맛있겠다! 역시 내가 세상에서 제일 힘이 세!"

높은 하늘 휘휘 날던 독수리가 박새 보며 꿀꺽,
"어, 고놈 맛있겠다!, 쩝쩝"

모두들 자기가 제일이라고 하지만
나는 알고 있어요.

어느 누구도 최고가 될 수 없다는 것을.

*생태계의 먹이 피라미드를 나타내고자 하였는데 사실은 먹이연
 쇄 부분만 강조되었다.

물렁물렁

인천 연성초 6년 신민철

나는 조개
내 몸은 물렁물렁
껍질은 단단하지.

나는 오징어
내 몸은 물렁물렁
난 많은 다리가 있어.

나는 문어
내 몸은 물렁물렁
난 위험할 때마다 먹물을 쏘지.

나는 해파리
내 몸은 물렁물렁
조심해, 네 피를 빨아먹을 수 있어.

스슥- 스슥-
난 뱀,
내 몸은 물렁물렁
조심해, 내 이빨엔 독이 있어.

아유, 징그러워,
난 지렁이,
내 몸은 물렁물렁
그래도 땅을 기름지게 만들어.

* 저자 민철이의 말 : "과학동시는 참 기발한 아이디어라고 생각한
  다. 잘했을까 못했을까 떨린다."

소 화

이미숙

와! 신난다.
뱃속 청룡열차 타러가자.

맛있는 음식 입 속으로 쏘옥 들어가면
혓바닥은 기분좋아 이리저리 쓰다듬어 섞어주고
심술쟁이 이빨은 요리조리 쪼개며 시샘하네.

길고 캄캄한 식도 안으로 쭈욱 미끄럼타고
움찔움찔 춤추는 위 아저씨 만났네.

함께 신나게 춤추다보니
새롭게 바뀐 내 몸!
서로 다투었던 마늘과 파도 한 몸 되었네.
이젠 네 몸이나 내 몸이나 다 하나야.

구불구불 맛있는 소화효소 뿜어내는 소장아저씨 만난 후
난 세상에서 제일 귀한 몸!
귀한 이름 갖게 되었네.

포도당, 아미노산, 지방산, 글리세롤……
이젠 산소 타고 핏속 돌아다니며 더욱 신나게 놀아봐야지.

아~ 참, 찌꺼기는 어디로 갔냐고?
그건……   대장아저씨 지나서……

말 안 해도 알지?

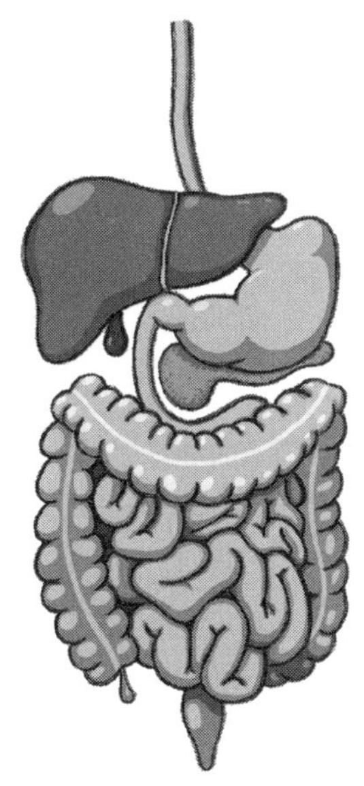

＊음식물이 소화되는 과정을 입-식도-위-소장-혈관과 대장을
　통해가는 길로 표현하였다.

현미경 눈으로 보는 세상

강미진

한쪽 눈 찡긋 감으면
새로운 세상

파닥파닥 금붕어 꼬리엔
땡글땡글 적혈구가 손을 잡고 있구요

할아버지 좋아하시는 막걸리엔
옹글종글 눈사람 효모

두 눈을 크게 뜨면
깜짝 놀라운 세상

대문만한 초파리가
눈앞에서 윙~윙~

아이 깜짝이야!
파리가 이렇게 커졌네.

내가 보는
작지만 더 큰 세상
신기한 현미경 세상.

나비의 꿈

장기애[+]

얼마전까지 나는
동글동글 유리알 같은 알이었습니다.
나뭇잎에 가만히 앉아 있기만 했습니다.

그끄제까지 나는
꿈틀꿈틀 기어 다니던 애벌레였습니다.
하루종일 나뭇잎을 갉아 먹었습니다.

그제까지 나는
푸르른 빛을 가진 커다란 애벌레였습니다.
편안히 잠들 곳을 찾아 다녔습니다.

어제까지 나는
딱딱한 잠옷을 입고 긴 잠자던 번데기였습니다.
아무도 모르게 긴 잠만 자고 있었습니다.

오늘 나는
큰 날개 펼칠 수 있는 나비가 되었습니다.
훨훨 하늘을 나는 나비가 되었습니다.

나비가 되려면

김민성

동그란 알에서 잠을 깨면
친구들은 나를 보고 징그럽다 하지요.
창피해서 숨어버렸답니다.
숨어서 오랫동안 기도했어요.
예쁘게 해주세요 라고
어느 날 나는 예전에 봤던 엄마의 모습처럼 되었어요.
친구들은 예쁜 나를 보고 많이 놀랐답니다.

뇌와 척수의 귓속말

김포 강정초 6년 허수진

보글보글
물 끓는 냄비 뚜껑
건드렸더니

척수가 뇌에게 속닥속닥
"손이 냄비뚜껑에 닿았다!"
그러자 뇌가 척수에게 속닥속닥
"'뜨겁다!'라고 말하라고 해"
라고 하길래

"앗, 뜨거워!"

종이비행기
눈앞으로 날아가니

눈을 찔끔
재빠른 척수가 혼자 알아서 하네
뇌는 할 일이 없는 걸까?
척수의 귓속말만 기다린다.

뿌리 고절가

김효정

어여쁘다 꽃님네야 지는 바람에 떨어지는가
무성하다 잎님네야 가랑비에 날아가는가
근육질의 줄기님아 나그네 손에꺾여도
묵묵한 **지지고절**은 너뿐인가 하노라

자고로 꽃미인은 받을줄만 한다하며
광합성 잎님네야 푸른들 낮때요
속빈 줄기님아 전할뿐 **흡수않으니**
부지런한 **흡수고절**은 너뿐인가 하노라

꽃미인 지고갔어도 과실은 남겼으며
잎님네의 저장창고 속모르는 양파되고
줄기님의 근육질이 못생긴 감자되어도
알뜰한 **저장고절**이야 너만한이 있으랴

* 뿌리의 3대 역할들이다. 그러나 양파는 잎에, 감자는 줄기에, 고
구마는 뿌리에 양분을 저장한다.

눈마자 휘어진 대를

저자 : 운곡(耘谷) 원천석

출처 : 〈병와가곡집〉

눈 마자 휘어진 대를 뉘라셔 굽다탄고.

구블 절(節)이면 눈 속에 프를소냐.

아마도 세한고절(歲寒高節)은 너뿐인가 하노라.

눈맞아 휘어진 대나무를

눈을 맞아 휘어진 대나무를 보고 누가 굽었다고 하는가?

굽혀질 절개라면 차가운 눈 속에서 푸르게 서 있겠는가?

아마도 한겨울의 추위를 이겨내는 높은 절개는 너뿐인가 생각하노라.

*운곡 원천석의 시조 '눈마자 휘어진 대를'의 일부를 빌려온 것이
다.

❖ **과학동시 짓기**
옛 시조를 변형하여 멋들어지게 지을 수 있다.

쌍떡잎

안산 본원초 4년 이영주

갸웃갸웃
토끼 귀를 닮은
쌍떡잎 두 장

비 내린 아침
꽃밭에
토끼 귀가 여러 개 나왔다

흙 속에는
귀 잃어버린
풀빛 어린 토끼
여럿이 살겠다.

민들레

인천 연성초 6년 최경정

감꽃이 떨어진
아픈 그 자리
배꼽 달린
아기 감이 하나
기쁜 그 자리

민들레 꽃이 떨어진
아픈 그 자리
낙하산 여행 꿈꾸는
씨앗 형제들

아픔을 기쁨으로
바꾸어준
그 자리.

* 저자 경정이의 말 : "민들레의 번식 방법을 알게 되었지만, 민들
  레의 아픈 곳이 너무 불쌍하다."

꽃

인천 연성초 6년 신민경[+]

아기 씨앗 하나가
창가에서 놀고 있는
화분 속에
'쏘옥'

다음날
파릇파릇 작은 싹이
고개를 들고 기웃기웃
'쑤욱'

며칠이 지나고
파란 잎들 사이사이
수줍은 듯 꽃망울이
'씽긋'

또 며칠이 지나고
부끄럼쟁이 꽃송이가

하늘향해 얼굴들고
'활짝'

이 모든 것은
햇님의 예쁜 미소
바람의 시원한 입김
봄비의 노랫소리
덕분이에요.

* 저자 민경이의 말 : "못쓴 것 같은데 꽃이 자라는 과정은 조금 잘
  쓴 것 같다."

씨앗은 요술쟁이

이경원[+]

씨앗은 신기해요.
예쁜 모양의 나뭇잎이 살고 있어요.
물을 주고 가꿔주면
예쁜 손바닥 나뭇잎이 나와요.

씨앗은 신기해요.
여러 색깔의 꽃송이가 살고 있어요.
빨강, 주황, 노랑……
예쁜 송이송이 꽃들이 피어 나와요.

씨앗은 신기해요.
튼튼한 나무기둥이 살고 있어요.
연약한 씨앗 속에서
아주아주 튼튼한 나무기둥이 나와요.

씨앗은 신기해요.
예쁜 잎과 꽃들, 튼튼한 나무기둥도 모두 숨어있는
마술사의 요술상자인가봐요.

아가들의 세상 구경

변혜진[+]

단풍나무야, 단풍나무야
너희 아가들은 어떻게 세상 구경 하니?
헬리콥터 날개 달고 뺑그르르 날아다닌단다.

앵두나무야, 앵두나무야
너희 아가들은 어떻게 세상 구경 하니?
까치 뱃속에서 잠시만 숨죽이고 있다 나오면 된단다.

도깨비바늘아, 도깨비바늘아
너희 아가들은 어떻게 세상 구경 하니?
옆집 누렁이 등에 찍찍이처럼 붙어서 돌아다닌단다.

민들레야, 민들레야
너희 아가들은 어떻게 세상 구경 하니?
솜털 날개 달고 산들바람 등에 업혀서 세상 구경 다 한단다.

* 씨앗들이 퍼져나가는 방법을 그린 시이다. 네가지 식물이 각각
　날개, 다른 동물의 몸, 찍찍이, 갓털 등을 이용하여 이동한다.

씨앗들의 이야기

유정은

― 우리는 오늘도 이야기한다 ―

빠알간 속살로 교태에 겨운 우리를
웃동네 흰순이와 아랫마을 진돌이가 군침하나 흘리잖고
그냥 넘어가 주는 일은 없을 거라고

늦은 가을날
말없이 내리쬐던 볕 아가씨가
이내 마른 몸 마구마구 뒤틀지 않고
넘어가주는 일은 없을 거라고

낭창낭창 부비대는 잎사귀에 귀밑머리 달떠버린 밤
지나가던 솔솔바람이 알곡찬 우리를
모른척하고 지나가주는 일은 없을 거라고

아무렇게나 풀어진 순이의 머리카락 올 사이사이
갈고리 손 철컥 부벼대잖고 호올로
고고한 척 남는 일은 없을 거라고

아! 이제 우리는 말한다.
이렇게 살면 우리 이야기는
끝이 나지 않을 거라고.

*씨앗들의 퍼져 나감에 대한 시이다. 1연은 동물에 먹혀서, 2연은
꼬투리가 터져서, 3연은 바람에 날려서, 4연은 동물 몸에 붙어서,
5연은 종족 보존과 번식이 무한히 이어져 번성할 것임을 말한다.

꽃씨 한 개

인천 연성초 6년 김진명

꽃씨 한 개

생각해 보았니?
하느님께서는
세상을 처음 만드실 적에
꽃씨도 꼭 한 개씩만
만드셨어

그런데 봐봐
세상에 얼마나 많은
꽃들이 있는지

꽃씨 한 개가 싹트고 자라고 펴져서
이토록 세상을 아름답게
만들고 있잖아?

우리의 마음에도
사랑의 꽃씨가 한 개 있다면,
웃음의 꽃씨가 한 개 있다면,
어떨까?

조그만 꽃씨 한 개가 우리들의 마음 속에도 있다면……

과학수업과 실험

자 화

공혜정

내 마음이 산산이 흩어져
한 곳을 바라보지 못할 땐
조용히 다가와
내 머리카락을 쓸어주세요.
당신의 그 손길이면
내 마음은 당신만을 향합니다.

치명적인 유혹에 흔들려
잠시 한눈팔지라도
당신의 그 손길하나면
당신만을 향할 수 있습니다.

그러니 제발,
내가 변했다고 소리치지 말아요.
당신의 손길 하나면
난 처음모습 그대로입니다.

* 여기서 자화는 磁化를 말한다.

과학 시간 1

이 랑

과학 시간은 마술 시간.

빨간 종이가 파랗게 되고
노란 꽃이 연두 꽃이 되고
흰 종이에 글씨가 생기는
신기한 시간.

마술사 선생님은
흰 옷에 흰 장갑
수리수리 마수리
주문 외우고,

두 눈이 휘둥그레
어린이 관객들은
무대 위 바라보며
웅성웅성 시끌시끌.

처음에는 갸우뚱~
알고 나면 아하~!

알쏭달쏭 과학 시간
우리들의 마술 시간.

과학 시간 2

박성남

야! 신나는 과학 실험
오늘은 내가 제일 많이 만져야지
아니야, 내가 제일 많이 만질 거야
서로 서로 잘해 보겠다고 다투는 아이들
선생님의 불호령에도 아랑곳하지 않은 아이들
이것 만졌다가 저것 만졌다가 어쩔줄 모르네
똘망똘망한 저 눈동자, 하느님이 주신 호기심
눈으로 입으로 귀로 많이 많이 담아가지고 가렴

야! 신나는 과학 실험
과학실 가는 길은 소풍가는 길
친구와 조잘되며 어느새 과학실
흰가운 입은 선생님은 청진기 없는 의사 선생님
자ー 자ー 조용히, 쉿! 긴장이 감돌고
크고 작은 실험기구, 우리 보고 윙크하네
"조용히 해~ 선생님께 혼나~"
이것 저것 만져보고 싶은 내 마음의 호기심.

•알코올 램프

김경옥

팔? 없어요.
다리? 없어요.
그래도 넘어지지 않아요.
넓고 둥근 엉덩이가 받쳐주니까요.

혼자서는 심심해.
삼발이와 같이 놀고
모래상자랑도 같이 놀고
점화기는 떼어놓을 수 없는 친구이지요.

점화기가 머리를 스치면
보일듯 말듯 아름다운 파란 꽃이 피어나요.
이쁘다고 만지지 말아요. 무지무지 뜨거워요.
검은 모자를 씌워 주세요.
한 번, 아니 아니 꼭 두 번.

과학실에서

이홍석

이것은 플라스크
요건 집기병

실험기구 장치해서
산소를 모아요

우당탕 쨍그랑
비커 깨지는 소리에

선생님 눈치 보며
마음 졸이다

보글보글 나오는
산소 보면서

집기병 속 다시 사는
깜부기불 보면서

'우와! 정말 신기해
다시 해 보자'

우리 모둠 하나되는
과학시간이

나는 나는 언제나
기다려져요.

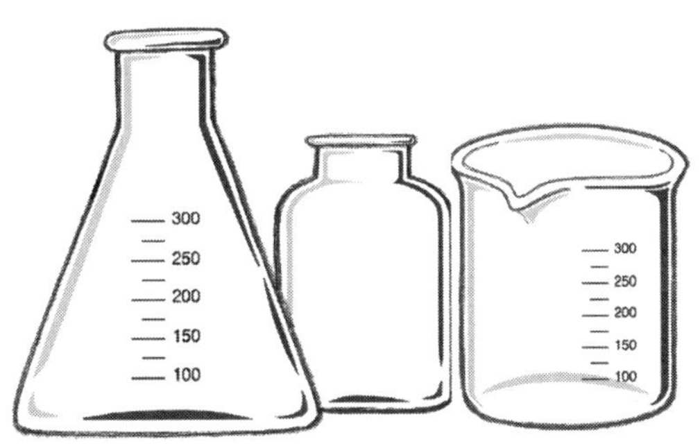

과학실 친구들

성경민

오늘은 과학실 뽐내기 대회!
여러 친구들이 보이네요

눈이 좋은 망원경
힘이 센 도르래
언제나 공평한 마음씨를 가진 착한 저울
붉으락푸르락 화를 잘내는 리트머스 종이
오목 볼록 개구쟁이 거울
여행가를 꿈꾸는 나침반
매일매일 삐죽삐죽 입내미는 새침데기 비커
둥근 얼굴에 날씬한 다리를 자랑하는 삼발이
까만 모자 속에 감춰 놓은 불꽃 마법소년 알코올램프
빨간 넥타이로 뽐내는 온도계
똑딱똑딱 부지런한 시계
남을 잘 도와주는 봉사대장 지렛대

모두모두 자신을 자랑스레 생각하며
사이좋게 지내는
과학실 친구들.

실험기구를 제목이나 주제로 하여 동시를 지어본다. 보통은 전혀 해보지 못
한 상상이므로 많은 상상과 창의력이 발휘된다.

어떻게 소개할까요?

김포 강정초 6년 김유진

시끌벅적 과학실
실험기구 친구 놀이
자기소개 한대요

안녕! 나는 비커
내게 물을 부으면
물은 와서 키재기해

안녕! 나는 유리막대
내가 들어가면
싸운 친구 화해해

안녕! 나는 알코올램프
불을 붙이면
빨간 혀를 내민단다

안녕! 안녕! 나는 나는……

또 다른 친구들은
어떻게 소개할까요?

나침반

이대훈

초롱초롱한 눈망울들이
한 사람만을 바라봅니다.

반짝반짝이는 귓망울들이
한 소리에 귀기울입니다.

무럭무럭 꿈틀대는 새싹들이
한 사람을 닮아갑니다.

아무리 돌려놓아도
나침반이 한곳만을 바라보듯이
아무리 애를 써도
우리들은 선생님만을 향합니다.

나침반이 한곳만을 바라볼 수밖에 없는 것처럼

눈망울은

귓망울은

새싹들은

한 사람만을 바라봅니다.

유리막대

최찬호[+]

나는
나는
과학실의
미스코리아

큰 키에
날씬한 몸매
투명한 피부

내가 한바퀴
빙그르르——
돌면

모두들
사르르르——
녹고 말지요.

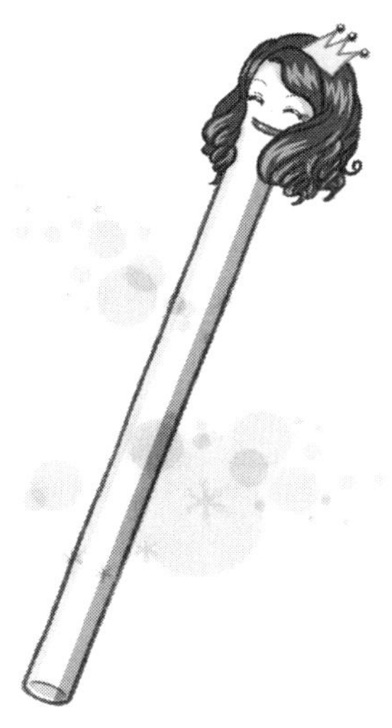

*저자는 까무잡잡하고 쾌활한 인상의 남자 대학생 예비교사다.
동시를 꾸미고 써나가는 그의 모습을 떠올릴 때마다 늘 웃음
이 난다.

비이이이~커

차성택

투명한 내 몸
누구든지 내 품에 들어오면
노란병 속의 BTB 용액도
색깔을 숨길 수 없어.

투명한 내 몸
누구든지 내 품에 들어오면
끓는 물도
몰래 한눈 팔 수 없어.

강인한 내 몸
그 어느 따뜻한 것도
보글보글 끓는 물도
나는 참을 수 있어.

강인한 내 몸
그 어느 차가운 것도

드라이아이스 덩어리도
나는 참을 수 있어.

하지만 하지만
내 몸을 청소를 안 해주면……
색을 숨겨도 한 눈을 팔아도
나는 알 수가 없지……

하지만 하지만
이 세상 무엇보다 무서운 것은……
날 바닥에 떨어뜨리는 것……
내 몸도 마음도 하늘나라로 간다.

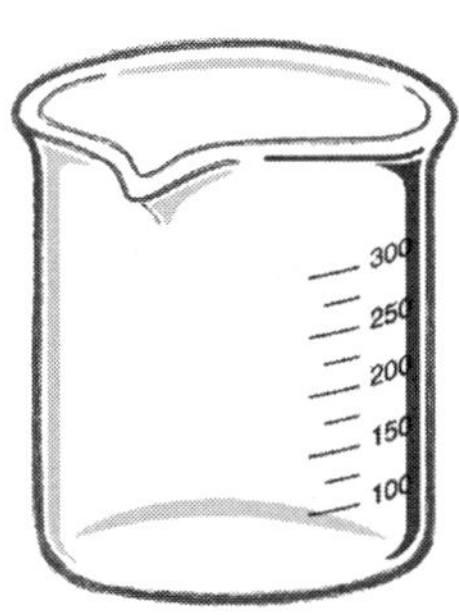

* 실험기구 비커의 여러 가지 특징인 투명성, 열에 대한 내구성, 충
  격에 대한 취약성을 잘 표현하였다.

눈금 실린더

김두식

당신이 나를 볼 땐
높은 곳에서 내려다보지 마세요.
그러면 나는 너무 겁이 나서
당신은 작아져버린 나를 볼 거예요.

당신이 나를 볼 땐
낮은 곳에서 올려다보지 마세요.
그러면 나는 너무 거만해져서
당신은 더 커져버린 나를 볼 거예요.

당신이 나를 볼 땐
같은 곳에서 나와 눈높이를 맞춰 주세요.
그러면 당신은 이제야
진정한 나의 본모습을 볼 거예요.

* 이 동시는 제목을 '온도계'로 바꾸어 한국교원대학교 과학교육연
구소에서 만든 '초등학교 과학탐구수업 지도자료—3학년'의 '온
도 재기' 단원(집필자-권난주)에 수업 보조 자료로 넣었다.

온도계 1

전현철

온도계는 변덕쟁이
내가 좋아 손잡으면
부끄러워 하늘 위로

내가 싫어 손놓으면
기운없이 내려오네

하지만 눈을 마주보면
거짓없는 착한 변덕쟁이

눈높이 같이하면
우린 영원한 친구.

온도계 2

김세훈

온도계 안에는
친구들이 살아요.

빠알간 빠알간
친구들이 살아요.

온도계 열받으면
친구들 못견뎌요.

더우니까 저리가
서로서로 떨어지죠.

온도계 안에는
친구들이 살아요

빠알간 빠알간
친구들이 살아요

온도계 추워지면
친구들 못견뎌요

추우니까 이리와
서로서로 뭉치죠

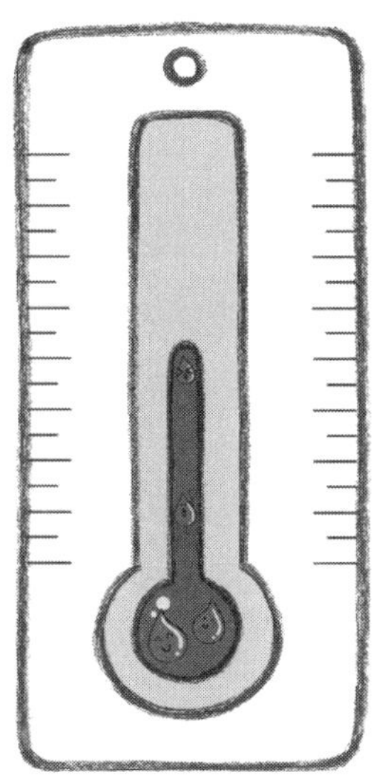

스포이트의 사랑

박지웅[+]

한 번 숨을 쉴 때마다
호기심을 끌어와
따뜻한 손으로 감싸쥐면
나는 행복해

달콤한 설탕 용액도
지독한 염산 용액도
품을 수 있지

가끔은
거친 손길에 힘들기도 하지만
널 위해서라면
뭐든지 견딜 수 있어

짓눌리는 아픔과
떨리는 손끝에
한 방울

두 방울
떨어지는 눈물은
슬픔이 아니라
내 행복,
내 기쁨.

그 한번의 눈물이
씨가 되어 너희들 가슴에
꽃으로 피어날 수 있다면
난 정말 행복해.

❖ 과학동시 짓기
실험기구를 주제로 과학동시를 쓴 학생들은 "스포이트, 나침반 등이
나에게 말을 걸어오는 것 같았다." 고 느낌을 말하였다.

•엄마는 잔소리꾼

김대근

엄마는 잔소리꾼
언제나 핀잔만 주셔.

밥 먹을 때, 엄마가
"스포이트야~!"하고 부르시면
"네!"하고 대답하지.
그러면 엄마는
"한 번에 한 가지씩 먹으렴."하고
잔소리를 하셔.

밥 먹고 나서, 엄마가
"스포이트야~!"하고 부르시면
"네!"하고 대답하지.
그러면 엄마는
"밥 먹고 누워있으면 체해요."하고
잔소리를 하셔.

잠자러 갈 때, 엄마가
“스포이트야~!”하고 부르시면
“네!”하고 대답하지.
그러면 엄마는
“잘 때는 깨끗이 씻고 자야지.”하고
잔소리를 하셔.

엄마는 잔소리꾼
언제나 핀잔만 주셔.

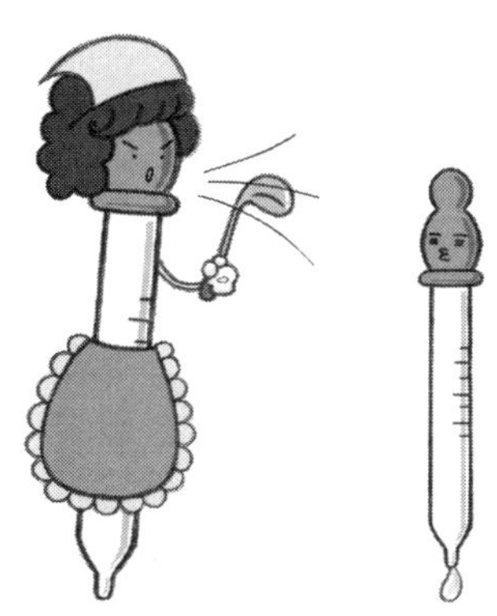

* 스포이트의 사용법을 재미있게 표현한 것이다.

과학자의 꿈

양계희

뚝딱뚝딱
무얼 만들까?
엄마 도와 드릴 로봇을 만들지.

뚝딱뚝딱
무엇을 만들까?
물로 가는 자동차를 만들지.

뚝딱뚝딱
또 무엇을 만들까?
할머니 주름살 펴 드릴 약을 만들지.

이 세상 최고 멋쟁이
내 꿈은
과학자라네.

마냥! 즐겁고 신나는 과학글쓰기
과학동시

엮은이 ● 권 난 주
펴낸이 ● 조 승 식
펴낸곳 ● 도서출판 이치 ichi SCIENCE
등 록 ● 제22-457호
주 소 ● 142-877 서울시 강북구 수유2동 240-225
www.bookshill.com
E-mail ● bookswin@unitel.co.kr
전 화 ● (02) 994-0583
팩 스 ● (02) 994-0073

2007년 9월 10일 1판 1쇄 발행
2013년 1월 05일 1판 5쇄 발행

값 8,000원
ISBN 978-89-91215-60-3

※ 잘못된 책은 구입하신 서점에서 바꿔드립니다.

·이 도서는 북스힐에서 기획하여 도서출판 이치에서
출판된 책으로 도서출판 북스힐에서 공급합니다.

142-877 서울시 강북구 수유2동 240-225
전화·(02) 994-0071 팩스·(02) 994-0073